사물에
대해
쓰려 했지만

사물에
대해
쓰려 했지만

이향규 에세이

창비

기억 끝에 떠오른 얼굴

쓰려고 마음먹지 않았다면, 사물을 이렇게 찬찬히 볼 일도 없었을 겁니다.

어느 날 『빅이슈』 편집자에게 이메일을 받았습니다. 한 달에 두 번 발행되는 잡지에 제 글을 연재하고 싶다고 했습니다. '빅이슈코리아'는 널리 알려졌듯이 홈리스들에게 잡지 판매 일자리를 제공하여 자활을 돕는 사회적 기업입니다. 저도 한국에 있을 때, 빨간 조끼를 입고 전철역에서 잡지를 파는 사람들을 자주 볼 수 있었습니다. 그래서 제안을 받고 망설였습니다. 홈리스의 자활을 위해서는 잡지가 잘 팔려야 할 텐데, 제 글이 별로 도움이 될 것 같지 않았습니다. 그러다 우연히 『빅이슈』의 편집장이 몇 년 전한 주간지에 제 책 『후아유』창비교육, 2018 서평을 써 주었다는 것을 알았습니다. 그때 그이는, 과분하게도, 이렇게 적었습니다.

"우리는 이런 책을 만나기 위해 독서를 한다."

쓰겠다고 했습니다. 누군가 믿어 주면 없던 용기도 불끈 올라오는 법입니다.

특별한 방향이 있었던 것은 아닙니다. 그냥 편하게 글감을 정하라기에 저는 '사물'에 대해서 쓰고 싶다고 했습니다. 만나는 사람이 몇 명 없는 단조로운 일상에서 제게 말을 거는 존재는 주변에 있는 물건들이어서, 그것에 대해 적어 보고 싶었습니다. 영국 학교에 다니는 딸들이 중학교 영어 시간 내내 '묘사적 글쓰기'를 연습하는 것이 재밌어 보여서 흉내 내 보고 싶은 마음도 있었습니다. 묘사는 사물, 사람, 장소, 사건 등을 생생하게 그려 내는 것인데, 특히 오감(시각, 청각, 후각, 미각, 촉각)을 잘 사용하는 것이 중요합니다. 잘 묘사하려면 세심하게 관찰하고, 감각을 예민하게 세우고, 자기가 느낀 것을 언어로 표현할 수 있어야 합니다. 대상을 깊이 보고 느끼는, 좋은 훈련이 될 것 같았습니다.

사물을 잘 묘사해 보려고 했는데, 생각이 자꾸만 엉뚱한 곳으로 번져 나갔습니다. 사물이 기억의 문을 열면 잊고 있던 순간과 묻어 두었던 마음이 드러났습니다. 그 안에는 언제나 사람들이 있었습니다. 결국 이 글은 사람에 대한 이야기가 되어 버렸습니다. 엄마가 자꾸 생각났고, 아픈 남편이 가여워졌으며, 커 가는 딸들이 애틋했고, 친구들이 보고 싶어졌습니다. 『빅이슈』의 담당 편집자는 이따금 독자 피드백을 전해 주었습니다. 어떤 분은 이 글에서 위로를 얻는다고 했습니다. 그랬다면 그 위로는 그분의 과거 어딘가로부터 왔을 겁니다. 읽다가 자신의 어떤 기억과 만났겠지요. 사물이 기억으로 가는 통로가 되었을 겁니다.

잊고 사는 것이 많습니다. 모든 것을 기억해야 할 필요는 없지만, 기쁘거나 슬프거나 안타까웠던 삶의 어떤 순간들, 내 감정과 시간이 농축되어 있던 그 순간들을 기억해 내는 것은, 지금의 나를 이해하는 데 도움이 됩니다.

그 끝에 남은 것은 나를 지금의 나로 만들어 준 사람들에 대한 고마움입니다.

이 글이 당신의 기억을 불러오는 데 도움이 된다면 좋겠습니다. 당신의 위로 음식은 무엇인지, 당신의 주제곡은 어떤 노래인지, 어릴 적 아끼던 물건은 무엇인지, 당신은 지금까지 어디를 여행했고 그곳에서 무엇을 보았는지, 떠오르는 장면마다 곁에 있던 사람은 누구인지….

익숙한 사물을 지그시 응시하는 가운데 잊었던 기억이 슬며시 찾아오기를, 그리운 얼굴을 만나기를, 그래서 당신도 혼자가 아니라는 것을 알게 되기를 바랍니다.

2023년 여름
이향규

1
식탁 위의 얼굴

위로 음식
나는 혼자가 아니다

       토요일 아침이다. 일찍 일어났다. 연일 고단하다. 식구들은 아직 잔다. 배가 고프지도 않은데 밥을 먹기로 한다. 여느 날처럼 접시 하나에 반찬을 대강 담으려다가 선반 높은 곳에 올려 둔 반상기를 꺼낸다. 결혼할 때 엄마가 주신 건데 좀처럼 쓰지 않아서 새것 같다. 냉장고에 있던 미역국을 데우고, 밀폐 용기에 담아 둔 고사리나물을 다시 볶고, 잘 익은 김치를 꺼내 하나씩 백자에 담는다. 내 밥상을 이렇게 단정하게 차려 본 적은 별로 없다. 오늘은 밥도 천천히 먹을 거다.

  다섯 살 땐가, 아직 학교에 들어가기 전이었다. 외삼촌

집에서 하룻밤을 묵게 되었다. 숙모는 큰시누의 아이에게 좋은 반찬을 해 먹이고 싶었나 보다.

"좋아하는 음식이 뭐니?"

그런 질문을 생전 처음 받아 봤다. 내 선호를 물어봐 준 사람이 없었고, 세상에 무슨 음식이 있는지도 잘 몰랐다.

"…고사리요."

내가 좋아하는 음식이 뭔지 나도 그때 알았다. 숙모가 살짝 웃었다. 저녁상에는 불고기와 함께 고사리나물이 놓여 있었다.

영국에서도 말린 고사리를 살 수 있다. 런던에 있는 한인 슈퍼마켓에서는 고사리뿐 아니라 곤드레, 취나물, 가지, 호박, 무시래기, 토란대 같은 말린 나물을 판다. 온라인으로 주문하면 사나흘이면 온다. 보통 마른 것들은 생기가 없다. 마른 꽃, 마른 풀, 마른 밥, 마른 빵, 마른 입술같은 것이 그렇다. 수분, 빛깔, 생명… 사라져 버린 것의 빈자리만 보인다. 그런데 마른 나물은 다르다. 빠져나간 자리를 다른 것들이 꽉 채우고 있다. 햇살, 수고, 기다림, 부활의 희망까지. 먹고 나면 힘이 솟는 것은 그 때문일까?

일전에 최 선생을 리치먼드 파크에서 만난 적이 있다.

함경남도 청진에서 온 그는 영국에 정착한 천 명가량의 북한 사람 가운데 하나다. 다른 이들과 마찬가지로 난민으로 와서 지금은 이곳 시민으로 산다. 2016년에는 마음 맞는 이웃들과 '런던한겨레학교'라는 한글 학교를 세웠고, 나는 2018년에 이 학교에서 자원 교사를 하며 최 선생을 처음 만났다.

일찍 와서 자리 잡고 기다리던 최 선생이 말했다.

"와, 저기 뒤에는 고사리가 잔뜩 있네요."

고사리라니, 런던 최대의 왕립 공원과 고사리는 어쩐지 어울리지 않는 조합 같았다.

"이런 데 고사리가 있어요? 어떤 거예요?"

"아니, 고사리를 모르세요?"

최 선생은 어떻게 모를 수 있냐는 얼굴로 반문했다. 나는 누군가 손질해 매대에 올려놓은 고사리밖에 본 적이 없었다. 세상 편하게 살았다. 야생 고사리도, 그걸 뜯고 말린 사람도 모른다. 모르는 게 너무 많다.

큰아이 애린을 낳고 나서 한 달 동안 삼시 세끼 미역국을 먹었다. 엄마는 소고기 양지를 푹 삶아서 날마다 국을 끓여 주셨다. 의사들 이야기를 들어 보면, 산모라도 미역국은 하루에 반 그릇이면 충분하고 그 이상은 아이오딘 과다 섭취로 오히려 좋지 않다고 하는데, 과학이 전통을 이기지 못하는 건 흔히 있는 일이다. 산모에게 미역국은 음식을 넘어 심신의 보약이고, 가족의 돌봄이고, 엄마로 거듭나는 통과 의례다.

둘째 린아를 낳을 때는 영국에 있었다. 곁에서 돌봐 주는 사람이 없었다. 미역국은 내가 끓였다. 아이를 낳으러 병원에 갈 때, 미역국에 밥을 말아 밀폐 용기에 담아 가져 갔다. 누가 뭐래도 출산하고 첫 끼는 그걸 먹어야 할 것 같았다. 정신없이 힘들고 긴 하루가 지나 아이가 태어났고, 밤이 되었다. 가족은 함께 있을 수가 없어서 남편 토니는 집으로 돌아갔다. 아기는 엄마가 데리고 잔다. 고단한 아기는 쌕쌕거리며 잘 잤다. 가방을 뒤져 미역국 담은 용기를 꺼냈다. 국은 차갑고 밥알은 불어 있었다. 씹지도 않고 넘겼다. 목이 멨다. 그때는, 오늘 세상에 나온 아기만큼이나 나도 이곳이 낯설었다. 아이는 부디 두렵지 않기를 바랐다.

그날 병원에서 먹은 미역국은 오랫동안 슬픈 기억이었

다. 하지만 기억은 시간이 지나면서 변한다. 예전에는 보이지 않았던 장면이 분명히 드러나기도 한다. 나중에야 생각났다. 그때 나를 돌봐 주는 사람이 있었다는 것을. 엄마가 보낸 소포를 왜 잊고 있었을까? 출산을 앞두고 커다란, 그러나 가벼운 소포가 한국에서 왔다. 마른미역을 한가득 담고서.

영국은 한국처럼 무상 급식을 하지 않는다. 학교 식당에서 점심을 사 먹을 수 있지만 비싸고 맛이 없어서 대부분 점심 도시락을 싸서 다닌다. 나의 하루는 도시락 싸는 것으로 시작한다. 어제는 버섯과 유부를 넣어서 밥을 볶았다. 싸는 김에 린아 남자 친구, 타이의 도시락까지 쌌다. 그 아이는 점심을 맨날 사 먹는단다. 어차피 담는 거, 한 통 더 담으면 되니 가끔 그렇게 한다.

도시락 보자기를 묶으면서 문득 엄마 생각이 났다. 노인이 되어서도 그 말씀을 하신 것을 보면 그게 평생 서러우셨나 보다. 엄마는 육 남매의 첫째였고, 착했다. 자기 것을 주장할 줄 모르는 사람들은 잘 대접받기 어렵다. 어떤 때는 속상해도 참는 건데, 사람들은 그걸 모르고 그 사람한테는 그래도 된다고 생각한다. 엄마가 중학교에 다닐 때니 아주 오래전 일이다. 점심 도시락을 열었는데, 반찬으로 김치 포기를 썰고 남은 배추 밑동인 '꼬다리'만 잔뜩 들어 있더란다. 집에 와서 할머니한테 섭섭한 마음을 얘기했더니, 할머니가 그랬단다.

"너는 그거 잘 먹잖니."

어머님은 짜장면이 싫다고 하셨다는 가수 지오디^{god}의 노래 가사처럼 보통은 자식이 엄마 마음을 헤아리지 못하는 법인데… 불쌍한 우리 엄마. 외할머니는 너무 무심했다.

엄마는 무슨 음식을 좋아하셨을까? 늘 식구들이 좋아하는 음식을 만드셨을 뿐 당신 선호를 얘기해 주신 적이 없다. 아버지가 즐겨 드신 가자미식해나 우리가 사랑했던 김초밥을 엄마도 좋아하는지 물어본 적도 없다. 그래, 명란젓… 돌아가시기 전에는 유독 명란젓을 찾으셨다. 그런데 나는 신장 투석을 하는 엄마가 염분 많은 젓갈을 먹으면 안 되는 이유를 조목조목 대면서 드리지 않았다. 기쁨없이 누워만 계시던 엄마의 마지막 시간을 돌아보면, 꼭 그랬어야 했나 싶다.

옥스퍼드 사전과 메리엄웹스터 사전은 '위로 음식Comfort Food'을 이렇게 정의한다.

- 위안이나 안녕감을 주는 음식
- 향수나 감정을 불러일으키는 전통적인 음식

음식이 주는 위로는 기억에서 온다. 애니메이션 영화 「라따뚜이」Ratatouille, 2007에서 괴팍한 음식 평론가 '안톤 이고'는 생쥐 요리사 '레미'가 만든 음식 라따뚜이를 먹고, 어린 시절로 되돌아가 엄마가 차려 준 식탁 앞에 앉은 소년이 된다. 사랑받고 위로받았던 기억이 어른이 된 그를 다시 위로해 준 것이다.

오늘 아침 고사리나물, 미역국, 김치가 나를 위로한다. 나는 혼자가 아니다.

팔찌

우리는 서로 다른 속도로 걷는다

수요일 밤 응급실에 왔다가 갑자기 결정된 입원이라 남편은 아무것도, 심지어 휴대 전화도 챙기지 않았다. 새벽에 혼자 집으로 돌아와 급한 대로 휴대 전화와 충전기, 하루에 네 번씩 먹는 약을 챙겨서 가져다주었다. 그리고 낮에 다시 여행 가방 싸듯 필요할 법한 물건들을 찬찬히 챙겼다. 세면도구, 수건, 속옷, 슬리퍼, 컵, 노트와 펜. 아이들은 아빠에게 주고 싶다며 봉제 인형을 하나씩 가져왔다.

나는 비닐봉지에 홍차 티백, 설탕, 팩 우유를 담고 '영국 병사의 생존 키트'라고 적었다. 농담 반 진담 반이다. 언젠가 그가 해 준 얘기에 따르면, 영국 공군 특수 부대의 생존 키트에는 티백이 들어 있단다. 세계 최고 수준인 이 정예 부대는 예측하지 못한 위험 상황이거나 비상시에 이런 절차를 따른다고 한다. 먼저, 함께 앉아서 차를 마시며 아이디어를 모으고 계획을 세운다. 그런 뒤에 계획을 실행한다. 우리 가족에게도 이게 필요할 것 같다. 지금은 비상 상황이다. 그렇다고 예측하지 못했던 상황은 아니다. 그동안은 멈춰 서서 '함께' 생각하지 않았을 뿐.

토니가 파킨슨병 진단을 받은 것은 2015년이다. 마흔여덟, 이 퇴행성 뇌 질환을 받아들이기에는 아직 젊은 나이였다. 충격이었다. 몇 년 전부터 엄지손가락이 떨린다고 느꼈지만, 피곤해서 그런 거라고 생각했다. 받아들이기 어려웠던 그는 자꾸 물었다.

"왜 내게 이런 일이? 도대체 뭘 잘못했길래?"

병에 걸리는 것은 어떤 잘못에 대해 벌을 받는 것이 아니다. 그걸 알면서도, 고백하자면 나조차도 속으로는 토니가 먹은 음식이나 생활 습관에서 자꾸 '잘못'을 찾아내고 있었다.

그러나 그 일은 그냥 닥쳤고, 한동안은 아무 말도 위로가 되지 않았다.

"운동 열심히 하고 약 잘 먹으면 괜찮대…."

이런 말은 그의 비통함에 공감하지 못하고 사소한 일로 만들어, 이 상황의 불편함을 빨리 눈앞에서 치워 버리려는 시도로 읽혔다. 그는 상처받았다. 그렇다고 "이건 치료되지 않는 병이야. 점점 나빠질 텐데, 이제 어떻게 하니…."라고 '사실'을 말할 수도 없었다. 지금 생각해 보면 그때 위로의 말은 필요 없었다. 그저 같이 울고, "맞아, 도대체 네가 무슨 잘못을 했길래!"라고 억울해하며 하늘을 향해 욕하는 편이 좋았을 것이다. 위로라는 것이 한 발짝 떨어져서 관망하는 사람이나 할 수 있는 말인데 내가 그러고 있었으니, 그는 외로웠을 법하다.

우리 가족은 2016년에 다시 영국으로 왔다. 여긴 남편의 나라이기도 하거니와, 국가 보건 서비스NHS로 의료가 전면 무상이고 파킨슨병 환자를 지원하는 단체도 있으니 도움이 될 거라고 생각했다.

우리가 처음 만난 영국 의사는 CT 검사에서 이상 소견이 보이지 않는다고, 파킨슨병이 아닐지도 모른다고 했다. (한국에서는 PET CT 검사를 하고 진단받았는데, 여기는 무상 의료라서인지 꼭 필요한 일이 아니면 비싼 촬영을 하지 않는다.) 한국에서 PET 스캔 영상을 가져왔어야 했는데, 어리석게도 그걸 잊었다. 여기서 돈을 내고 그걸 찍으니 항공권을 사는 게 저렴하다. 나는 영상을 받으러 다시 한국에 갔다.

대학 병원에서 순서를 오래 기다린 뒤에야 의사를 만났다. 남편을 진단했던 의사는 아니었다. 사정을 설명하니 의사는 언짢은 표정을 지으며 말했다.

"영국이 진단을 잘 못해요. 우리가 훨씬 잘하는데, 잘 모르면서 하는 얘기예요. 이 뇌 사진 좀 보세요. 여기 가운데 찌그러진 부분 보이죠? 파킨슨병이 맞아요. 알겠어요?"

나는 '사실'을 알고 싶어서 물은 것이고 의사는 '사실'을 말해 주었으니, 그는 자기 일을 잘한 것이다. 그런데도 의사가 미웠다.

이건 사진을 설명하는 것이 아니라 그 사진 속 사람에 대해 이야기하는 것이다. 그걸 그 사람의 가족에게 말하는 것이다. 그 의사가 영상이 아니라 사람을 생각해 주었더라면, 사실을 알고 싶지만 동시에 그게 사실이 아니기를 바라는 가족의 마음을 읽어 주었더라면 더 좋았을 것을. 그는 마치 한국 의료 권위에 도전한 영국 의료진과 맞서 싸우듯이 단호하고 자신 있게 말했다. 감사하다 말하고 문을 닫고 나오는데 눈물이 주르르 흘렀다.

  토니 몸은 이제 누가 보더라도 떨린다. 움직임은 현저히 느려졌다. 지난가을부터 고무 팔찌를 오른 손목에 끼고 다닌다. 파란색과 하얀색으로 된 팔찌에는 파킨슨병 지원 단체 연락처와 함께 이런 문구가 있다.

  "저는 파킨슨병 환자입니다. 저에게 시간을 주세요."

  토니가 직접 주문한 팔찌가 온 날, 그는 이제 재촉하는 사람이 있으면 이걸 보여 주면 되겠다며 좋아했다. 토니는 몇 달간 팔찌를 벗은 적이 없다. 샤워할 때는 물론이고, 잘 때도 끼고 있다.

  "사람들이 팔찌를 알아봐?"

  "글자가 보이는 것 같지는 않은데, 그래도 이게 뭔지는 많이들 아는 것 같아. 알아보는 사람이 꽤 있어. 얼마 전에도 슈퍼마켓에서 장바구니에 물건을 담는 데 시간이 너무 오래 걸리길래 뒷사람에게 팔찌를 보여 주면서 '내가 파킨슨병이 있어요. 양해해 줘요.' 하니까, 괜찮다고 걱정 말고 천천히 하라고 말하더라고. 가게에서 그런 사람들을 가끔 만나. 자기 할아버지도 이 팔찌를 끼고 있었다던가, 엄마가 파킨슨병이 있다던가. 사람들은 내가 천천히 움직여야 하니까 시간이 조금 더 필요하다는 것을 당연하게 받아들이는 것 같아."

나는 지금까지 남편의 속도를 있는 그대로 잘 받아들이지 못했다. 그래서 그가 신발 끈을 한참 동안 매고 있으면 어느 날은 못 본 척 자리를 피했고, 어떤 날은 대신 매 주려고 했다. 그런데 앞으로는 그저 옆에서 내 신발 끈을 매면 될 것 같다. 기다려 봐야 고작 몇 분이다. 그의 속도를 당연하게 받아들이면 재촉할 일도 한숨 쉴 일도 아닐 텐데, 그걸 인정하는 것이 어려웠다. 같이 천천히 걷고, 넘어지면 부축하고, 잊으면 다시 말해 주면 된다. 잘 때도 팔찌를 벗지 않는 토니를 물끄러미 보다가, 어쩌면 이 팔찌가 가장 필요했던 사람은 그 자신이었겠다고 생각했다. 토니야말로 이 사실을 받아들이는 데 몇 년이 걸렸을 거다.

토니가 병원에 있는 동안, 큰아이 애린이 그동안 제대

로 꺼내지 못했던 말을 했다.

"그동안은 아빠 병에 대해서 내가 어떻게 해야 할지 몰랐어. 알은체해야 할지, 모르는 체해야 할지, 걱정을 표현해도 되는 건지. 그래서 엄마랑 아빠가 이 문제를 얘기하고 있으면, 나는 얘기가 끝날 때까지 내 방에서 안 나왔어."

나는 이 아이가 초등학교 6학년 때 아빠 병명을 처음 듣고 인터넷으로 검색해 봤다는 것을, 친구 집에서 간호학과 다니는 언니의 책을 찾아 보고 슬퍼했다는 것을 안다.

"알은체해도 되고, 얘기해도 돼. 우린 그냥 이 병을 받아들이고 같이 사는 거야. 아빠도 네가 솔직한 것을 더 좋아할 거야. 나는 아빠가 훌륭한 사람이라고 생각해. 사람들은 아프면 보통 '내가 이렇게 병이 있는데 너는 왜 나를 돌보지 않냐.'고 짜증을 내거든. 근데 아빠는 그렇지 않잖아. 자기를 불쌍하게 생각하거나 다른 사람에게 화풀이하지 않고, 지금 상황에서 자기가 할 수 있는 일을 하고 늘우리를 돌봐 주려고 하잖아. 그건 정말 대단한 일이지. 아빠가 퇴원해서 집에 오면 우리가 같이 할 수 있는 재밌는 일들을 되도록 많이 하면 좋겠어. 맛있는 거 만들어 먹고,

영화도 많이 보고, 상황이 좋아지면 여행도 같이 가고."

이건 나한테 하는 말이다. 나는 그동안 아직 오지 않은 시간을 걱정하느라 지금 할 수 있는 일을 잊은 적이 많다.

오늘 저녁, 그가 집으로 돌아온다.

지팡이

비로소 보이는 사람들

임신 중에는 온통 임산부만 보인다. 첫아이를 가졌을 때 거리에, 가게에, 전철에 임산부가 그렇게 많은지 처음 알았다. 처지가 비슷한 사람은 유독 잘 보이는 모양이다.

얼마 전, 런던 가는 기차를 타려고 역에 갔다. 팬데믹이 아직 끝나지 않은 터라 플랫폼에서 기다리는 사람이 많지 않았다. 한 서른 명쯤 되었나, 그중에 지팡이 짚은 사람이 다섯 명이나 되었다. 지팡이 짚는 사람이 곁에 있으니, 비로소 그 사람들이 눈에 보였다.

토니에게는 지팡이가 세 개 있다. 하나는 시가에서 가

져왔다. 그 집에는 옛날 물건이 많다. 부지런한 시부모님은 살아 계실 적 중고 장터나 경매에 자주 다니셨다. 좋은 물건이 싼값에 나오면 나중에 제값에 팔 수 있으리라 기대하며 사 두셨다. 그렇게 모은 물건이 창고 한가득 쌓여 있었다. 십여 년 전 우리 가족이 잠시 런던에 살 때, 앤티크 찻잔 세트나 도자기를 온라인 중고 장터로 팔아 드린 적이 있다. 그런데 깨지는 물건이라 포장과 배송이 어려웠고, 까다로운 구매자를 만나면 그 스트레스가 이만저만 아니었다. 1년 만에 장사를 접었다. 옛것이 많이 남아 있는 영국에서 빈티지 물건을 팔아 수익 내기란 쉬운 일이 아니었다. 시부모님이 오랫동안 다람쥐가 도토리 모으듯 쌓아 놓은 물건들은 세상 떠나신 뒤에도 그대로 남았다.

지팡이도 그런 도토리 가운데 하나였다. 20년쯤 창고에 잠자고 있다가 시아버지가 말년에 잠깐 쓰셨고 이제는 남편 것이 되었다. 오래된 물건이 틀림없다. 누군가 잡고 지탱했을 손잡이는 반질반질하게 윤이 나는 게, 어릴 때 본 적 있는 외할아버지의 호두알 같았다. 오직 사람 손길만이 만들어 낼 수 있는 마모가 있다. 지팡이 끝에 달린 딱딱한 고무는 낡은 구두 뒤축처럼 사선으로 닳아 있었다.

주인과 긴 세월 같이 걸었나 보다. 날렵하고 가벼운 긴 몸통과 새 머리처럼 보이는 손잡이 때문인지, 처음 이 지팡이를 봤을 때 나는 솟대가 떠올랐다. 부드럽고 우아해서 마음에 들었다. 언젠가 내가 지팡이 짚을 날이 오면 이걸 쓰게 될 것 같다.

두 번째 지팡이는 토니가 마을에 있는 골동품 가게에서 2파운드(약 3천 원)를 주고 산 것이다. 비슷한 간격을 두고 대나무 마디가 불거져 있어서인지, 등이 긴 동물의 척추 같았다. 자연사 박물관에서 본 용각류 공룡의 목뼈 같기도 했다.

토니는 호신술에 관심이 많다. 한때 이스라엘 무술 '크라브 마가'를 배웠고 지금도 호신술 동호회에 나간다. 건강이 나빠져서 혈압이 널뛰고 호흡도 가쁜데 빠지지 않는다. 그는 하루 종일 대련 생각만 하는 것 같다. (컴퓨터 검색어들만 봐도 알 수 있다.) 대나무 지팡이도 호신용 무기로 산 게 틀림없다.

"이 지팡이는 가볍고 단단해서 여러모로 쓸모가 있어. 앞뒤로 뾰족한 손잡이 끝을 봐. 이걸로는 파워풀한 공격을 할 수 있어. 싸울 상황이 되었을 때 아주 유용하지.”

그 말을 듣자 영화 「킹스맨」Kingsman, 2015에서 콜린 퍼스 Collin Firth가 우산으로 동네 양아치들을 혼내 주는 장면이 떠올랐다. 토니 머릿속에서 그 스스로는 여전히 킹스맨이 다. 그냥 웃어 주었다. 나중에 지팡이 없이 밖을 나설 수 없는 순간이 오더라도, 손잡이 끝의 이 뾰족한 촉감은 그 를 설레게 할 거다. 이 대나무 지팡이는 그의 몸뿐 아니라 정신도 지탱해 줄 것이다.

세 번째 지팡이는 마틴이 주었다. 마틴은 펍에서 자주 만나는 친구다. 젊었을 때는 시추선에서 간호사로 근무했 다. 은퇴한 지금은 소일 삼아 고장 난 물건을 수리해 주고 저녁에는 펍에서 동네 사람들과 술을 마시며 지낸다. 전 직 간호사인지라, 같이 있는 사람 몸에 이상이 있으면 금 방 알아챈다. 마틴 전화를 받고, 그길로 토니를 데리고 응 급실에 간 날도 있었다. 병원에서 퇴원하고 어느 날, 토니 는 마틴을 만나 그간 있었던 일을 이야기해 주었다. 그런 데 아픈 사람의 하소연이 길어졌나 보다. 하필이면 마틴 은 그날 다른 일로 짜증이 나 있었고, 이미 술도 여러 잔

마신 뒤였다.

"사람은 누구나 다 죽어."

하지 않았다면 좋았을 말이다. 그 뒤에 생략된 말은 짐작할 수 있다("그러니 이제 그만해. 너만 힘든 게 아니야."). 토니는 마음이 상했다. 그 뒤로 마틴을 만나지 않았다.

며칠 전, 마틴이 문자를 보내왔다.

"한동안 못 봤네. 무슨 일 있어? 우리 집에 놀러 올래?"

마틴 집에 갔던 토니가 못 보던 지팡이를 하나 가지고 돌아왔다. 자초지종은 이랬다. 마틴은 지난번 일을 기억조차 못 했다. 토니가 말해 주니 마틴은 사과했다. 그래도 계속 미안했던 모양이다. 토니가 짚고 온 대나무 지팡이를 보더니, 방에 들어가 지팡이를 하나 들고나왔다. 말 머리 모양의 금속 손잡이에 몸통이 삼단으로 분리되는 앤티크 지팡이였다.

"이건 우리 할아버지가 쓰시던 거야. 할아버지는 제1차 세계 대전에 참전하셨으니 오래된 물건이지. 마음에 들면 가져."

사과의 표시였나 보다. 마음에 드냐는 나의 물음에 토니는 이렇게 말했다.

"응, 아주 멋져. 어떤 앤티크 지팡이에는 손잡이를 돌려 열면 긴 막대 안에 무언가 감출 수 있는 비밀 공간이 있어. 어떤 건 칼을 숨길 수도 있는데, 이건 안에 술을 담을 수 있는 병이 있어. 근사하지…. 그래도 다시 돌려줄 거야. 할아버지 유품을 이렇게 받을 수는 없지. 마틴은 이미 사과했어. 이제 괜찮아."

런던에 가면서 말 머리 지팡이를 들고 나간 것은, 돌려주기 전에 한번 써 보고 싶어서였다. 로열 런던 병원은 화이트채플역에 있다. 19세기 말 '잭 더 리퍼Jack the Ripper'가 활개 치던 곳이다. 진료 시간보다 일찍 도착해 모퉁이에 있는 펍에서 점심을 먹었다.

"셜록 홈스도 지팡이로 싸운 적이 있잖아?"

토니가 불쑥 말했다. 자나 깨나 그 생각이다. 그에게 지팡이가 낭만적인 물건이라 다행이다.

지팡이를 짚고 걸으니 사람들이 눈에 띄게 배려해 주었다. 전철을 타면 입구에 앉은 사람이 벌떡 일어나서 자리를 양보했다. 전철 안 광고판에 이런 문구가 있었다.

"다른 사람을 재촉하지 마세요. 우리 중 어떤 이는 다른 사람보다 더 많은 시간이 필요합니다.”

분홍색 바탕에 모래시계가 그려져 있었다. 이런 광고판이 도심역 플랫폼 여기저기에 붙어 있었다. 고마웠다. 물론 이런 광고가 붙어 있다는 것은 잘 안 지켜지기 때문일 거다. 그래도 이렇게 자꾸 일러 주면 건강한 사람들도 지팡이 짚은 사람이 눈에 들어올 것이고, 그들의 속도를 헤아릴 수 있게 되지 않을까?

나도 그전에는 잘 몰랐다. 지팡이 짚은 사람 곁에서 같이 걷기 전까지는.

자전거

'혼자'와 '같이'라는 두 바퀴

자전거 하나 사는 게 이렇게 어려울 줄 몰랐다. 우리 동네에 있는 자전거 가게를 다 뒤졌는데, 물건이 하나도 없었다. 팬데믹이 시작된 이후 사람들이 너도나도 자전거를 샀으리라고는 생각지도 못했다.

"사람들이 환경 문제에 더 관심이 생겨서 그럴까요?"

뭐든 진지함이 과한 나의 질문에 가게 주인은 "글쎄요, 자기 건강을 더 챙기게 된 것 아닐까요? 시간도 많아졌고."라고 답했다. 물건이 언제 들어올지는 기약이 없단다. 한참을 돌아다니다가 바닷가에 있는 작은 가게에서 딱 하나 남은 자전거를 찾았다. 이것저것 따져 볼 것도 없이, 샀다. 참으로 오랜만에 내 자전거가 생겼다.

이번이 스무 번째 결혼기념일이다. 이날은 돌아가신 엄마의 생신이기도 하다. 어릴 적에 그날은 늘 축하하는 날이었다. 그런데 결혼한 다음부터는 이 무렵에 마음이 복잡해질 적이 많았다. 그건 '행복한 결혼 생활'이 대체 어떤 모습인지, 나의 결혼은 여전히 축하할 일인지 자꾸 자문했기 때문이다. 그런 해에는 마음과 달리 과한 선물을 샀다. 결혼 10주년 때도 그랬다. 그래서 소박했던 결혼반지보다 비싼 순금 가락지를 맞췄다. 그때 반지는 마음을 묶어 두는 다짐 같은 것이었다. 올해도 그런 선물이 필요했다. 그래서 자전거를 사겠다고 마음먹었다.

　몇 해 전에 남편에게 자전거를 사 줬다. 파킨슨병은 아직은 치료할 수 없는 질환이다. 약은 증상을 완화하는 데 도움이 되지만, 한계가 있다. 병의 진전을 늦출 수 있다면 뭐라도 해야 했다. 자전거 타기가 도움 된다고 해서 산악자전거도 샀고, 실내용 헬스 자전거도 들여놓았다. 나는 남편이 잘 타고 있는지를 자꾸 확인했다. 헬스 자전거 앞에 운동 점검 달력도 하나 붙여 놓았다. 애정 어린 잔소리가 애정 없는 잔소리로, 그러다가 잔소리조차 사라지게 되는 사이, 마당에 둔 자전거는 녹슬었고 부엌에 놓인 자전거는 옷걸이가 되었다. 결혼 20주년 선물로 내 자전거를 사기로 마음먹은 것은 그에게 '타라'고 하지 않고, 내가 '같이 타겠다'는 다짐이었다.

이런 생각을 한 게 스스로 대견해서 아이들에게 자랑 삼아 말했다.

"엄마가 좋은 생각을 해냈어. 아빠는 엄마가 선물한 것을 자꾸 잃어버리거든. 그래서 이번에는 절대로 잃어버릴 수 없는 선물을 생각해 냈어."

린아가 짐작했다.

"그럼… 문신?"

순간 웃었지만, '그래, 30주년 될 때는 기념 문신을 해볼까?' 하는 생각도 잠깐 들었다. 그때는 또 그때 다짐할 것이 생길 거다. 일단 올해 선물은, 내 자전거다.

"이제 엄마가 아빠하고 같이 타려고."

"좋은 생각이네."

여름 끝자락이 아직 남아 있지만, 바람도 햇살도 풍경도 이미 가을이 대세다. 길을 나선 첫날, 오랜만에 타는 자전거라 바퀴가 불안하게 흔들렸다. 위태로움은 금방 사

라지고 긴장도 풀려서 피부에 닿는 가을을 온전히 느낄
수 있었다. 퍽 좋았다. 우리는 언덕길을 내려가 회전교차
로를 몇 개 지나서 '반짝이는 물 공원'이라는 푯말이 붙어
있는 넓은 들판으로 갔다. 풀은 낮고 하늘은 넓었다.

　토니의 자전거가 내내 앞서 달렸다. "당신이 길을 잘 아
니 먼저 가."라고 말하며 그를 앞세웠다. 그가 넘어질까
봐 내심 걱정스러웠다. 그럴 경우를 대비해 내가 뒤에 있
는 게 나았다. 염려와 달리, 그의 빨간 자전거는 편안하게
달렸다. 앞서가는 남편의 어깨와 등을 봤다. 마음속에서
잔물결 같은 것이 일었다. 이걸 연민이라고 해야 할지, 슬
픔이라고 해야 할지, 불쌍한 마음이 들었다. 뒷모습에는
보는 사람 마음을 무장 해제시키는 힘이 있는가 보다. 내
마음이 순해지는 것 같았다. 뒷모습은 사람을 관대하게
만든다.

　매일 오후가 되면 우리는 자전거를 타고 아무 곳에나
간다. '같이 자전거 타기'는 지금까지 우리가 함께 '노력'
한 일 중에서 제일 괜찮은 것 같다. 자전거는 '혼자' 타는
것이다. 넘어지지 않게 중심을 잡는 것도, 언덕길을 오르

느라 힘주어 페달을 밟는 것도, 온전히 자기 몫이다. 같이 간다지만 꼭 나란히 가야 하는 것도 아니고, 사이좋게 손잡고 가야 하는 것은 더더욱 아니다. 나는 그 자유가 좋다. 한편 혼자서도 할 수 있지만, '같이' 해서 누릴 수 있는 좋은 점이 있다는 것도 마음에 든다. 같이 길을 떠나면 낯선 곳에서 방향을 잃었을 때 덜 무섭다. 한 사람이 넘어지거나 다쳤을 때 도와줄 수 있다. 멈춰 서서 같이 본 풍경에 대해 이야기를 나눌 수 있다. 낯선 펍에 들러 맥주를 마시거나 늦은 점심을 먹는 것도 더 쉽게 할 수 있다. 그 정도만 해도 훌륭하다.

결혼한 지 20년이 되어도, 나는 '혼자'와 '같이'라는 두 바퀴의 균형을 찾느라 종종 휘청댄다. 자전거를 타면서 생각한다. 혼자여야 하는 일이 있고, 같이 하면 더 좋은 일이 있다. 그러니 어느 한쪽에 너무 마음을 쏟지 말자. 다 혼자 하겠다고 모질어지지도, 늘 같이 하겠다고 애쓰지도 말고, 그저 순한 마음이 이끄는 대로 살자. 그리고 지금은 내가 그의 뒤를 따라가지만, 내 뒷모습을 보이게 될 날도 올 거다. 짝이 되어 함께 산다는 것은, 서로에게 등을 보이면서 긴 시간 함께 가는 자전거 여행 같다. 그걸 이제 겨우 안다.

　자전거를 끌고 집을 나서는데 오늘은 바람이 많이 분다. 들판의 풀은 더 낮게 누워 있겠다.

도토리

가장 좋아하는 _____

영어 수업 때면 단골로 나오는 질문이 있다.

"네가 가장 좋아하는 _____은(는) 무엇이니?

(What's your favourite _____?)"

빈칸에 들어갈 말은 많다. 색깔, 음식, 책, 영화…. 묻기는 쉽고, 대답하기는 어려운 질문이다. 나는 내가 가장 좋아하는 것들이 무엇인지 잘 모르겠다. 그때마다 다르기도 하고, 꼭 하나를 말할 수 있을 만큼 취향이 분명하지도 않다. 뭐든지 웬만하면 다 괜찮다. 그래도 주저 없이 말할 수 있는 것이 하나 있으니, 그건 '가장 좋아하는 계절'이다. 나는 언제나 가을이 좋았다. 여름에서 가을로 넘어갈 때 바람이 실어 오는 냄새가 좋고, 깊은 가을의 비스듬한 햇살이 좋다. 마침내 가을이 왔다.

   4월에 고추 모종을 심었다. 그때는 꽃을 보려는 마음이 컸다. 도시에서 자라서 꽃이라고는 과한 포장재를 두른 장미, 백합, 안개꽃이나 봄이면 개나리, 진달래, 철쭉, 가을 하면 국화밖에 몰랐던 내가 새삼 알게 된 사실은 내가 먹은 모든 열매가 한때 다 꽃이었다는 것이다. 그 꽃들은 하나같이 근사했다. 사과, 복숭아, 배꽃은 물론이고 오이, 가지, 콩, 배추, 고추꽃도 예뻤다. 그중 콩꽃은 정말이지 감탄이 절로 나왔다. 마치 모시 한복에 자수를 놓으면 어울릴 것 같은 하늘거리는 꽃잎과 파스텔 톤 빛깔도 그렇지만, 향이 단연 압권이다. 은은하고 섬세해서 콩꽃 향수도 있다. 그래서 올해는 콩도 심었다.

   봄에 심은 고추는 키가 쑥쑥 크다가 6월 어느 날, 희고 소박한 꽃을 피웠다. 가만히 피었다가 조용히 지고 꽃받침 아래에 물방울만 한 초록 열매를 남겼다. 그 작은 열매는 여름 내내 길어지더니 가을 문턱에 다다랐을 때 제법 듬직해졌다. 신기해서 따 먹으니 진짜 풋고추 맛이었다. 한 달쯤 지나자 초록이 쨍하게 익었다. 마치 빨간 캡슐 안에 햇볕과 시간을 담아 둔 것 같았다. 봄꽃이 주는 즐거움과 가을 열매가 주는 기쁨은 다르다.

꽃 피고 열매 맺은 과정을 다 보고 나니, 빨갛게 여문 고추를 따기가 조심스럽다. 따고 나면 끝인 것 같다. 아무래도 조만간 김치를 담가야겠다. 생고추를 양념과 함께 갈아 넣으면 고춧가루만 넣은 것보다 김치가 청량해진다. 마당에서 딴 고추는 김치에 넣어야겠다. 그렇게 하면 이 고추와 겨울까지 함께 있을 수 있겠다.

주말농장 하는 사람이 곁에 있으면 주변 사람이 그 덕을 본다. 그이들은 대개 근면해서 분양받은 땅을 부지런히 일구고, 수확한 것이 넉넉하면 가까운 이들에게 나눠 주곤 한다. 한국 살 때는 내 주변에 주말농장을 하는 친구가 없어서, 그런 호사를 누려 본 적이 없었다.

톰은 내 친구의 친구다. 톰이 분양받은 땅에서 거둔 감자, 오이, 토마토, 가지, 호박이 내 차례까지 온 것은 친구 미나가 징검다리가 되어 주었기 때문이다. 확실히 맛이 달랐다. 대형 슈퍼마켓에서 파는 채소에서는 도대체 무엇이 빠져나가는 걸까? 그게 무엇인지는 몰라도 톰이 수확한 작물 안에는 있었다. 아껴 먹으려 했는데, 가득했던 광주리는 금세 비고 단호박 세 개만 남았다. 볕 잘 드는 창가에 두었다. 정겹게 두고 보다가 늙은 호박이 되면 죽도 끓이고 호박범벅도 만들 참이었다. 그러려면 여름이 다가고 가을도 깊어져야 한다. 핼러윈 무렵이나 되어야 할지도 모르겠다. 시간은 기다리면 더디지만 무심히 있으면 훌쩍 지난다. 백 일쯤 지나자 단호박 껍질이 짙은 녹색에서 밝은 주황빛으로 바뀌었다. 창가에 비치는 해도 이제 제법 낮아졌다.

계절이 바뀌니 아픈 사람이 많다. 감기에 걸렸다. 몸져누운 것은 몇 년 만이다. 그동안 내가 아픈 남편을 돌봤는데, 그가 나를 돌봐 주니 아픈 사람 심정을 알겠다. 상대에게 미안하고 고마운데, 이것저것 자꾸 물어보니 귀찮기도 하다. 나를 좀 도와 달라는 마음과 좀 내버려 두라는 마음이 동시에 일어난다. 이 마음을 잘 기억하고 있다가 나는 그 타이밍을 잘 맞춰야겠다고 생각했다. 잘 될지는 모르겠지만.

한참을 자고 일어나니 배가 고팠다. 어제저녁에 남은

음식을 챙겨 먹으려다가 죽을 끓이고 싶어졌다. 창가에 장식처럼 놓인 호박을 하나 집어 들었다. 칼로 쪼개니 노랗게 잘 익었다. 팥과 찹쌀가루를 넣어서 호박죽을 끓였다. 한 사발 담아서 볕 잘 드는 곳에 앉아 먹었다. 엄마가 끓여 준 것과 모양은 비슷한데 맛이 다르다. 무언가 부족한데 그게 뭔지 모르겠다. 엄마는 무엇을 더 넣었을까.

어릴 때 엄마는 나를 도토리라고 불렀다. 그때는 그게 싫었다. 나는 셋째 딸이다. 그 말은 곧, 남아 선호가 공공연했던 1960년대에 그리 환영받고 태어난 것은 아니라는 뜻이다. 내 밑으로 남동생이 태어났을 때 아버지는 그걸 야구의 스트라이크라고 부르며 기뻐했다. (만약 네 번째도 딸이었으면 우리 자매들은 포볼로 불릴 판이었다.) 나는 어릴 적부터 내가 어쩌다 태어난 '잉여'라는 생각을 자주 했다. 내 것이라고는 별로 가져 본 적 없이 물려받은 옷과 물건만 쓰다 보면 그런 생각이 절로 들게 된다. 그래서 엄마가 나를 도토리라고 부를 때면 괜히 흔하고 하찮은 존재를 벗어나지 못하는 기분이 들었다. 가을 산에 널린 것이 도토리요, 시장에서 헐값에 팔리는 게 도토리묵이었다.

　우리 집 근처 햄던 파크에는 떡갈나무 숲이 있다. 지난 번에 산책하며 보니, 나무에서 떨어진 도토리가 땅에 널려 있었다. 부지런한 다람쥐들도 다 나르지 못했나 보다. 한국에 살 때 우리 동네 수리산에는 '다람쥐들의 겨울 양식을 가져가지 말아 달라'는 현수막이 걸려 있었다. 여기는 그런 안내문이 없다. 아무도 주워 가지 않는다. 도토리를 사람이 먹는다는 생각 자체가 없는 것 같다. 주머니에 한가득 넣어 가져왔다. 검색창에 도토리묵 만드는 법을 찾아보니 집에서 할 수 있는 일이 아니었다.

　도토리를 그릇에 담아 창가에 놓아두었다. 동그란 놈들이 야무지고 단단한 것이, 제법 귀엽다. 그 옛날, 엄마 눈에도 내가 그렇게 보였던 걸까?

　"당신은 가을 하면 뭐가 생각나?"

　토니에게 물었다.

　"나는 색깔이 떠올라. 온 천지가 빨강, 주황, 노랑으로 가득 차지. 그런 가을은 한국에 살면서 처음 본 것 같아. 한국에 살 때 가을이 좋아졌어. 내가 가장 좋아하는 계절은 가을이야.”

  그의 말을 듣다가 내가 가장 좋아하는 계절이 분명해졌다. 나는 '한국의 가을'을 가장 좋아한다. 그 불타는 색…. 나는 겨우 빨간 고추 몇 개와 잘 익은 늙은 호박과 한 줌의 도토리를 앞에 두고 그 흔적을 찾고 있다.

어드벤트 캘린더
시간은 뚜벅뚜벅 걸어간다

어드벤트 캘린더 Advent Calendar, 우리말로 옮기면 대림待臨 달력이다(대림절은 기독교 전례에서 예수 탄생 축일을 기다리는 성탄 전 4주간을 말한다). 말하자면 기다림 달력이다. 11월이 되면 슈퍼마켓에서 이 달력을 파는데, 꼭 기독교도가 아니어도 어린이가 있는 집은 많이들 산다. 성탄절을 즐기는 문화 가운데 하나인데, 커다란 크리스마스카드처럼 생긴 얇은 상자에 숫자가 1부터 25까지 네모 칸에 쓰여 있다. 그 네모 칸의 둘레에는 절취선이 나 있어서 손톱으로 톡 누르면 칸을 열 수 있고, 그 안에 초콜릿이 들어 있다. 12월 1일부터 하루에 한 알씩 먹다 보면 어느덧 숫자 칸이 다 열리고 성탄절이 된다.

영국에 온 첫해 겨울에 어드벤트 캘린더를 처음 봤다. 당시 새로 사귄 친구 미나가 아들 것을 사는 김에 우리 딸들 것도 샀다며 두 개를 가져왔다. 도토리만 한 초콜릿 스물다섯 개야 마음먹으면 한자리에서 다 먹을 수 있지만 우리는 하루에 하나씩만 먹었고, 그날 날짜보다 더 큰 숫자가 적힌 문은 건드리지 않았다. 사실 기다림의 봉인을 해제하고 여러 개를 먹고 싶을 만큼 그 맛이 특별한 것도, 어릴 적 뽑기 놀이처럼 뭐가 나올지 설레는 것도 아니었다. 그러니 그냥 시시한 놀이였다. 그래도 매일 한 알씩 먹는 평범한 초콜릿이 기분 좋은 아침을 맞게 했고, 25일을 향해 가는 매일의 습관이 성탄절을 더 기다리게 만들었다.

아이들이 어릴 때, 시가에서 맞는 성탄절 아침은 늘 선물 끄르는 일로 시작했다. 크리스마스트리 아래에는 시가 식구 네 명과 우리 식구 네 명이 놓아둔 선물이 수북이 쌓여 있었다. 선물을 풀어 보며 카드를 읽고, 옷이라도 받으면 입어 보고 예쁘다 감탄해 주고, 그러다 보면 점심 먹을 시간이 되었다. 시어머니의 정성과 수고 덕분에 우리는 늘 잔치 음식을 먹었다. 그분은 며칠 전부터 음식을 준비했다. 크리스마스 푸딩을 만들고, 식구 수만큼 오리를 준비하고, 생선 가게에 왕새우도 주문해 두었다. 그리고 성탄절 날 새벽부터 일어나 로스트 덕Roast Duck을 만들었다. 칠면조를 먹는 집이 많지만 우리 식구는 살이 퍽퍽하지 않은 오리를 더 좋아했다. 오리 몸통 안에는 양파, 셀러리, 마늘, 허브, 빵가루를 섞은 소가 가득했다. 따뜻한 채소를 곁들여 오리를 반 마리쯤 먹고, 반주 삼아 베일리스Baileys나 셰리Sherry까지 마시고 나면 졸음이 쏟아졌다. 그러면 다들 한숨 잤다. 그래서 성탄절 오후에는 집 안이 적막했다. 어둑해지면 다시 모여 저녁을 먹었다. 이번에는 올리브유와 버터, 마늘과 허브를 넣어 익힌 왕새우 요리와 커스터드 크림을 얹은 크리스마스 푸딩을 먹었다. 먹고, 자고, 다시 먹고 나면 성탄절 하루가 저물었다. 수고는 다 시어머니 몫이었는데, 그분은 그걸 매해 기꺼이 했다. 성탄절에 온 가족과 함께 좋은 음식을 나누는 것이 아일랜드 이민자로 가난한 살림을 꾸리며 가족을 돌보던 그분에게는 1년에 한 번 있는 특별한 기쁨이었을 것이다.

시어머니의 암 투병이 시작되자 우리의 성탄절은 조심

스러워졌다. 시누이가 음식을 하고 놀이도 준비했지만, 우리는 자꾸 어머니가 피곤하지 않은지 살피게 되었다. 그리고 어머니가 돌아가시자 '그 성탄절'은 사라졌다. 언제나 있었던 것, 그래서 늘 있을 거라고 기대했던 것들은 사라진 후에야 흔적을 남긴다.

12월이면 거리는 불빛으로 가득하다. 몇 년 전, 성탄 무렵에 남동생 재호네 가족이 영국에 놀러 왔다. 함께 런던 나들이를 했다. 런던 시내에는 '햄리스Hamleys'라는 장난감 가게가 있다. '햄리'라는 사람이 1760년에 문을 열었단다. (오래되긴 했다. 우리로 치면 조선 중기다.) 7층짜리 건물이 장난감으로 가득 차 있다. 아직 아이들이 장난감을 좋아할 때여서 조카들까지 네 아이에게 돈을 똑같이 주고 맘에 드는 것을 사 오라고 했다. 같은 시간을 같은 가게에서 보냈는데, 들고나오는 것이 다 다르다. 자잘한 물건을 잔뜩 산 녀석, 큼직한 것을 하나 안고 나오는 녀석, 돈을 반만 쓴 녀석, 아무것도 사지 않고 빈손으로 나온 녀석, 다들 자기 색깔대로 산다.

아이들은 내가 집에 데리고 갈 테니 오랜만에 둘이 시

간을 보내라 하고 동생 부부와 헤어졌다. 밤늦게 돌아와서 말해 주길, 많이 걸었다고 했다. 사진을 보여 주는데 런던 곳곳의 불빛과 사람들이 담겨 있었다. 옥스퍼드 서커스 거리의 하늘을 나는 천사, 코번트 가든의 거리 공연, 식당의 불빛과 사람들. 인파 속 낯선 이들 가운데 유독 밝고 빛나는 얼굴들이 있다. 사랑하는 사람들은 표정이 다르다. 이 부부도 그랬기를.

올해 11월에도 한국으로 보내는 소포 꾸러미를 들고 우체국에 갔다. 친구들에게 성탄 카드와 어드벤트 캘린더를 묶어 보냈다. 우체국 직원이 소포 다발을 들고 가는 모습을 보며 마음이 한결 든든해졌다. 이 소포로 한국에 있는 친구들과 연결될 터다. 설레며 기다릴 일이 생겼다. 12월이 오기 전에 친구들은 소포를 받을 것이다. 머릿속으로 상상해 본다.

'뜻밖의 선물을 받고 기뻐하겠지. 놀랐다는 메시지를 보낼 거야. 그럼 다시 성탄절 인사를 나눠야지. 12월 한 달 동안 우리는 같은 놀이를 하고 같은 기억을 만들 거야.'

빙긋 웃음이 나고 설레었다. 그 끝에 가슴 한편이 허전해졌다. 이렇게라도 한국에 있는 친구들과 연결 고리를 만들려고 애쓰는 것을 보면 나는 이곳에서의 시간이 외로운 모양이다.

엄마는 "잡아 놓은 날은 반드시 온다."라고 말했다. 너무나 당연한 말인데, 기다리는 일이 아득히 멀어 조바심 날 때는 그 말이 위로가 되었다. 늘 시간은 뚜벅뚜벅 걸어서 어느덧 그날에 도달해 있었다. 어드벤트 캘린더를 곁에 두고 놀이 삼아 성탄을 기다린다. 이제 초콜릿이 몇 개 안 남았다.

편지

분주한 벗에게

입춘을 봄의 시작이라고 말하기에 영국의 2월 날씨는 봄과는 한참 멀다. 기온이 영하로 떨어지지 않아도 이 음습한 공기 때문에 뼛속까지 춥고 시리다. 그래도 봄 청소를 하기로 했다. 일찌감치 청소해 두면 봄이 더 일찍 올지도 모를 일이다. 산뜻한 기분을 느끼려면 묵은 짐을 정리해야 한다. 무엇을 넣어 두었는지 기억도 안 나는 상자들을 열어 시시한 물건을 골라내다가, 네 귀퉁이가 닳아서 찢긴 누런 서류 봉투를 찾았다. 열어 보니 편지가 가득하다. 이걸 40년 동안 끌고 다녔다.

중학교 때 경상남도 양산시에 있는 통도사에 머문 적이

있었다. 조계종 재단이었던 우리 학교에서는 3학년 여름 방학이 되면 이름난 고찰에서 수련회를 했다. 그 일주일 은 지금까지 살면서 한 번밖에 경험하지 못한 특별한 시 간이었다.

절에서는 발우 공양을 했다. 옻칠한 발우 네 개를 앞에 놓고 밥, 국, 반찬, 그리고 청수를 받았다. 말없이 음식을 다 먹은 다음에는 청수를 붓고 그릇을 닦았다. 닦고 난 물 은 마시거나 청수 통에 버렸다. 버릴 때 부스러진 밥풀 하 나, 깨 한 톨, 고춧가루 한 개도 들어가면 안 된다고 했다. '아귀' 때문이란다. 아귀는 생전에 탐욕스러웠거나 생명 을 학대한 자들이 환생한 것인데 목구멍이 바늘구멍만 하 고 배가 태산만 해서 늘 갈증과 허기로 괴로워한단다. 오 직 청수만 먹을 수 있는데 물에 음식 찌꺼기가 조금이라 도 남아 있으면 아귀 목이 타 버린다고 했다.

나는 그릇을 헹군 물을 청수통에 붓지 않고 마셨다. 눈 이 나쁜 내가 놓친 찌꺼기가 있을지도 모를 일이었다. 자 기가 쓴 빈 그릇은 수건으로 닦아 보자기에 싸 두고 다음 식사 때 사용했다. 자연을 위해서는 완벽한 식사법이었 다. 완전 채식에다 음식물 쓰레기 제로를 넘어, 설거지물도 사용하지 않는다. 나는 몇 년 전부터 비건Vegan으로 살려고 노력하는데, 더 근본적으로는 비건이 아니라 발우 공양을 지향해야만 할 것 같다. 속세에서도 그렇게 살 수만 있다면.

　절에서는 새벽 예불로 하루를 시작했다. 해 뜨기 전 어스름한 하늘을 가로질러 불당에 들어서면 향을 머금은 오래된 나무 냄새가 높은 천장까지 가득했다. 목탁 소리는 투명했다. 경을 외우는 젊은 스님의 목소리는 높지도 낮지도 크지도 작지도 않았다. 아침 예불도 하고 저녁 예불도 했으련만, 유독 새벽 예불이 기억에 선명한 것은 그 어둑한 공간과 냄새, 그리고 텅 빈 소리 때문이다.

　집으로 돌아와 새벽 예불에서 만난 스님에게 편지를 썼다. 떠나기 전날 툇마루에 앉아 인사를 나눈 게 인연이 되었다. 답장이 왔다. 그때부터 나는 중학교를 졸업하고 고등학교와 대학교를 거쳐 대학원에 입학할 때까지 스님과 편지를 주고받았다. 나도, 스님도 말동무가 필요했다. 나는 아이에서 어른으로 자라나고 있었고, 스님은 아팠다. 간 질환이라고 했다.

마을 의사는 집으로 돌아가 쇠고기로 몸을 보완하라고 하더라만, 이곳은 쇠고기 라면으로 대역할 뿐이란다. 스스로 걸고 짊어진 이 짐을, 어디 쉽게 벗을 수 있겠느냐. | 1982년 12월 11일

편지 봉투 속에는 중학교 졸업 선물이라며 종각에 새겨진 글귀를 탁본한 한지가 들어 있었다. "졸업과 입학과 끊임없는 정진과 그리하여 살아가는 시간이 유쾌하고 값지기를 바라는 뜻에서" 보냈다고 했다. 나는 선물이라는 말보다 쇠고기 라면이라는 말에 마음이 멈췄다.

이따금 받은 편지에는 산사의 사계절이나 '소리 나는 도시'에 다녀온 이야기, 그곳에서 본 연극 이야기 같은 것이 적혀 있었다. 나도 내 이야기를 써서 보냈다. 이런 답장을 받은 것을 보면 그때 너무 애쓰며 살았나 보다. 하긴, 한국 고등학생 중에 애쓰지 않고 사는 젊음이 과연 있을까 싶다만.

그 어느 것이라 하든, 그것은 그것대로 싱싱한 가치가 있는 것이다. 정교한 언어로써 억척스러운 머리로써 해결하

려는 버릇보다는 내 앞에 전개되는 삶을 온몸 전체로써 받아들이고 안 되는 일은 안 되는 대로, 불쾌한 일은 불쾌한 대로 느끼면 되는 것 아니겠느냐. 교육은 꽤 사람을 영리하게 만드는 것인데 내가 괜한 소리를 하지 않았나 모르겠다. | 1983년 8월 11일

그때 나는 아침 7시에 등교해 0교시 자습을 하고, 야간 자율 학습까지 마친 뒤 밤 11시에 집에 돌아왔다. 그런 삶에 '중도中道'가 웬 말이냐 싶다. 그럼에도 불구하고, 산사에 사는 스님이 해 주는 조언은 위로가 되었다.

늘 하던 얘기다만, 너무 지나치게 노력하는 것도 좋을 수는 없다. 가장 좋은 것은 알맞게(중도中道) 하는 것을 잊지 말거라. | 1984년 1월 18일

내 상태가 좀처럼 나아지지 않았는지, 고등학교 3학년이 되던 해 봄에 스님은 나를 "가슴에 주머니만 가득 달린 분주한 벗"이라 부르며 염려했다.

벗이여, 다시 창문을 열라. 3월이 아닌가. 가슴에 수북이 달린 열쇠를 모두 끌러 버리고 남으로 남으로부터 날아오르는 제비처럼 우리도 하늘을 날자. 이제 햇볕이 들지 않아도 바람은 이미 녹색의 목도리를 걸치고 남해를 건너 시방 막 우리 앞을 지나가고 있다. 청순한 바람이 대청마루를 올라서며 나뭇가지 가지마다 수북한 언어를 내리고 있다. 벗이여, 가슴에 주머니만 가득 달린 분주한 벗이여. 님 만나고 다니는 3월의 바람같이 우리도 날개를 달고 노래를 하자. | 1985년 3월 1일

대학에 들어간 후 나는 시위 소식을 전했고, 스님은 "혼돈된 정의와 진리를 살리기 위해 외치다가 봄꽃처럼 사라져간 영혼들에게 축복 있기를 서원"했다. 대학원에 입학한 해에 그는 이렇게 보내왔다. 마지막 편지였다.

그대가 가는 길에 좋은 선지식善知識들이 있기를 기원한다. 그대가 서 있거나 앉아 있거나 잡담을 시작할 때에도 이승에서 시작된 그대의 육근六根이 청정한 빛으로 깨어나기를 원한다. | 1990년 9월 25일

스님은 지금 어디에서 어떤 모습으로 살고 있을까? 포털 사이트마다 그의 법명을 검색해 봤지만, 흔적을 찾을 수가 없었다.

　　그 시절 그 인연이 고맙다. 덕분에 어려운 시절 나는 내 이야기를 할 수 있었고, 숨을 쉴 수 있었으며, 수도자의 삶을 엿볼 수 있었다. 나는 내 첫 번째 '선지식'이었던 스님이 건강해졌기를, 스스로 짊어진 짐이 너무 무겁지 않았기를, 그도 결국 님 만나고 다니는 3월의 바람같이 날개를 달고 노래했기를 진심으로 기원한다.

수선화
마지막 순간, 또는 과정

한국에서는 산수유가 피면 봄이 왔다. 영국에서는 수선화가 그렇다. 벌써 공원에도 길가에도 여기저기 무리 지어 피었다. 봄은 진작 왔을 텐데 집에만 있었더니 이제야 봤다. 다시 겨울이 올 때까지 이제 좋은 계절만 남았다.

이전까지는 수선화를 제대로 본 적이 없었다. 그래서 영국에서 맞는 첫 번째 봄에 비로소 이 샛노란 꽃이 수선화인 것을 알았다. 전에는 막연하게 수선화가 고고하게 혼자 피는 꽃인 줄 알았다. 그런 이미지를 갖게 된 데에는 이름이 한몫했다. 우리말로는 수선화, 영어로는 다포딜Daffodil, 나르시서스Narcissus라는 이름은 개나리, 진달래,

나팔꽃, 개망초와는 느낌이 사뭇 달랐다. 잘 알려진 그리스 신화도 내가 수선화에 잘못된 이미지를 갖는 데 한몫했다. 미소년 나르키소스는 자신의 아름다움에 반한 모든 이의 구애를 차갑게 거절한 뒤, 물에 비친 자기 모습을 사랑하고 갈망한 나머지 결국 죽음에 이른다. 그리고 그 자리에 핀 꽃이 수선화라니, 얼마나 특별하고 귀한 모습일까 싶었다.

그런데 수선화는 자기애의 상징이 될 만큼 그렇게 화려하지 않다. 오히려 겸손하다. 민들레처럼 낮게 피고, 개나리처럼 어디에나 있다. 그리고 거의 잡초 수준으로 생명력이 강하다. 수선화는 화병에 어울리는 꽃이 아니다. 겨우내 노지에 잊힌 채 묻혀 있다가, 2월이 되면 구근 속에 담아 둔 생명을 터뜨리며 땅에서 솟아오른다.

영국의 '마리 퀴리'라는 자선 단체도 이런 이미지 때문에 수선화를 로고로 삼았나 보다. 누리집에는 이렇게 적혀 있다.

수선화는 겨울이 끝날 때 피기 시작합니다. 봄의 상징이

수선화

자, 새로운 시작과 재탄생을 상징합니다. 밝고 경쾌한 노란색 꽃은 살아 있음을 확인시켜 줍니다. 수선화는 해마다 어김없이 피는, 강인하고 생명력이 강한 꽃입니다. 어떤 이들은 사랑하는 사람을 추모하며 수선화를 심습니다.

우리에게 '퀴리 부인'으로 알려진 프랑스 물리학자 마리 퀴리의 이름을 따서 세워진 이 자선 단체는 임종을 앞둔 환자와 가족들을 돌보고 지원하는 간호 일을 한다. 암 환자, 치매 노인, 그 밖에 불치병을 앓는 환자들이 생의 마지막을 존엄하게 맞을 수 있도록, 단체에서 마리 퀴리 간호사를 집으로 보내 준다. 시부모님 두 분 다 암으로 투병하셨다. 두 분은 마지막 시간을 집에서 보내며 마리 퀴리 간호사의 도움을 받았다.

시어머니는 2015년에, 시아버지는 2020년에 돌아가셨다. 그사이에 우리 엄마와 아버지도 세상을 떠나셨다. 남편과 나는 비슷한 시기에 고아가 되었다. 쉰이 넘었는데도, 부모님이 안 계신다는 사실은 다른 어떤 것으로도 채우기 어려운 상실을 남겼다. 시아버지가 돌아가시기 한 달쯤 전에 시누이 다비나가 물었다.

"아버지는 이제 기력이 너무 없어. 음식은 물론이고 물도 거의 못 드셔. 임종 과정이 시작된 걸까? 자꾸 엄마 때가 떠올라. 너희 부모님도 그러셨니?"

"미안해…. 모르겠어."

사실이다. 모른다. 내게 임종은 '순간'이지 '과정'이 아니었다. 엄마의 경우 밝은 응급실 형광등과 의료진의 부산한 움직임 때문에 과정을 살피기에 내 마음이 너무 산란했고, 아버지의 경우 응급실-중환자실-집중 치료실로 바뀌는 병실이, 굳이 따지자면 과정이었다 할 수 있겠다.

시어머니는 당신의 집 거실에서 돌아가셨다. 마지막 몇 달 동안 창가에 환자용 침대를 두고 누워 계셨다. 국가 보건 서비스 간호사가 자주 방문했다. 마지막 날에는 마리 퀴리 간호사가 같이 밤을 새웠다. 새벽에 깜빡 잠이 든 식구를 깨운 것도 그이였다. 우린 그때 한국에 살고 있었다. 위독하다는 소식을 듣고 남편은 서둘러 비행기를 탔지만, 런던 공항에 도착하자마자 임종 소식을 들었다. 그의 가족은 아들이 집에 올 때까지 어머니를 옮기지 않았다. 저녁에 온 가족의 배웅을 받으며 고인의 몸이 집을 떠났다.

2016년 1월, 내가 우리 엄마를 구급차에 실어 보내고 그리 섧게 울었던 것은, 당신 집을 그렇게 황황히 떠나는 모습에 목이 메어서였다. 119 구급대는 쏜살같이 도착했다. 찬바람을 몰고 쌩하니 들어온 구급대원들은 순식간에 엄마를 이동용 간이침대로 옮겼다. 어리둥절한 엄마 눈에는 벌써 불안이 가득했다. 아파트만 아니었어도, 엘리베이터를 타야 하지만 않았어도, 몸을 묶고 침대를 수직으로 곧추세우지만 않았어도 엄마는 그렇게 황망하지 않았을 텐데…. 두려움과 무력함이 가득했던 그 눈빛을 잊을 수가 없다.

전도유망한 변호사였던 다비나는 자신의 엄마가 병석에 눕자 일을 그만두고 간병을 자처했다. 장례를 치르고 곧이어 아버지가 암 진단을 받자, 이번에는 아버지를 돌봤다. 그렇게 십 년 가까운 세월을 보냈다. 그리고 몇 해 전, 아버지의 상태가 나빠지자 다시 마리 퀴리 간호사에게 도움을 구했다. 간호사는 저녁에 와서 환자를 씻기고 편안하게 잠자리를 봐 주고 상태를 살폈다. 그들은 임종 과정을 누구보다 잘 알고 있었다. 오늘을 못 넘기실 것 같다고 한 날, 아버지는 거실 가운데에 놓인 침상에서 주무시듯 숨을 거두셨다.

불효막심한 일이지만, 나는 다시 과거로 돌아간다 하더라도 다비나처럼은 절대 하지 못한다. 그건 정말 영혼과 몸을 온전히 바쳐야 할 수 있는 일이다. 우리 엄마 아버지도 그걸 원하지는 않으셨을 거(라고 믿는)다. 나는 딸들이 나를 위해 자기 삶을 희생하길 원하지 않는다. 내 친구는 아이들에게 "엄마가 너희를 돌보았듯이, 나중에는 너희가 엄마를 돌봐야 한다."라고 어릴 적부터 가르친다고 했는데, 나는 아이들에게 나를 돌보라고 앞으로도 말하지 않을 거다. 내가 부모님께 해 드리지 못한 것을 내 자식에게 바랄 수는 없다.

그래도 죽음을 어디에서 맞을지 선택할 수 있다면, 그리고 이 사회가 도와준다면, 삶의 마지막 날 나도 집에 머물고 싶다. 바라건대 우리 부모님과 시부모님의 모습 사이 어디쯤의 방식이면 좋겠다. 국가가, 사회가, 공동체가, 가족이 조금씩 짐을 나눠 지고 돌봐 준다면 가능하지 않을까. 나도 마리 퀴리의 수선화 배지를 가슴에 달았다. 배지는 감사와 지지, 연대의 표시다. 그리고 언젠가 나도 마리 퀴리 간호사를 우리 집에서 만날 수 있기를, 그때까지 삶을 온전히 누리기를 바란다.

수선화가 어디에나 피어 있는 봄날이다.

노래
누군가를 영원히 기억하는 방법

팬데믹으로 굳게 닫혔던 성당이 몇 달 만에 문을 열었다. 예배는 가능해졌지만 지켜야 할 규칙이 많았다. 전후좌우 1미터 거리를 띄고 앉는다, 마스크를 쓴다, 성가를 부르지 않는다, 미사 중에 봉헌(헌금)하지 않는다, 성체 성사(가톨릭 미사에서 예수 그리스도를 기억하며 빵과 포도주를 나누는 의식) 때, 포도주는 생략하고 빵도 손으로만 받는다(여긴 아직 성체를 입으로 받는 전통을 지키는 사람이 많다), 받으면서 '아멘'이라고 말하지 않는다, 미사가 끝나면 바로 떠난다. 이 밖에도 자잘한 규칙이 더 있었다. 성당에는 노인들이 많이 오기 때문에 이런 방역 규칙을 특히 주의해야 했다. 그래서 '스튜어드

Steward'가 필요했다.

스튜어드는 사람들 곁에서 이 규칙을 잘 지키도록 안내하는 도우미다. 매일 있는 미사마다 도우미가 두 명씩 필요했다. 70세 이하의 지병이 없는 사람들 중에 자원받았는데 성당에는 그런 사람이 별로 없는 모양이었다. 신부님이 미사마다 하도 호소해서 외면하고 버티던 나도 결국 손을 들어 합류했다. 지금까지 나간 다섯 번 중에 세 번이 장례 미사였다. 죽음이 이렇게 가까이 있는지 미처 몰랐다.

스튜어드로 일한 첫날도 장례 미사였다. 이곳에서는 고인이 생전에 좋아하는 노래를 장례식에서 트는 경우가 종종 있다. 늘 경건하던 성당 안에 그룹 퀸Queen의 「아이 원트 투 브레이크 프리」I Want to Break Free가 크게 울렸다. 음악이 끝나자 검은 정장을 입은 장의사 네 명이 무거워 보이는 관을 어깨에 메고 성당 안으로 들어왔다.

장례식장에 울리는 음악은 그 사람의 주제곡이라 할 수 있겠다. 그건 고인이 생전에 좋아한 노래일 수도 있고, 가족과 친구가 그를 생각하면 떠오르는 가락일 수도 있다. 자신의 장례식에 쓸 음악을 이미 정해 놓는 사람도 있는 것 같다. 일전에 유튜브로 클리프 리처드Sir Cliff Richard 와 빈센조 라 스콜라Vincenzo La Scola가 부르는 「나의 삶」Vita Mia을 들었는데, 누군가 이런 댓글을 적어 두었다.

"이건 내 장례식에 틀 거예요."

시어머니의 장례 미사에는 아일랜드 민요 「아, 목동아」 Danny Boy를 틀었다. 그분은 열여섯 살에 고향을 떠났지만, 평생 아일랜드 사람으로 살았다. 다비나가 고른 음악이 다. 다비나는 장례 미사 안내지 뒷면에는 아일랜드 기도 문 「그를 지켜 주옵소서」An Irish Blessing도 넣었다. 나는 이 글을 시가 부엌에서 처음 봤다. 삶의 여정에서, 앞으로는 길이 보이고 뒤로는 등을 미는 순풍이 불기를, 얼굴에는 따스한 햇살이 비치고 대지에는 단비가 내리기를, 삶의 마지막 순간까지 신이 우리를 손으로 받쳐 주기를 바라는 마음이야 나도 마찬가지이다. 그래서 우리 집 부엌에도 기도문을 걸어 두었다.

내 아버지 영결식 때 우리는 빌 더글러스Bill Douglas의 「찬가」Hymn를 연주했다. 병원에 계실 때 들려드린 곡이었 다. 의식은 없으셨지만 들으셨으리라. 그 곡은 엄마 떠나 신 뒤에 당신 혼자 남은 텅 빈 집을 채웠던, 라디오 프로

그램의 시그널 음악이기도 했다. 우린 그걸 아버지 주제 곡으로 삼았다. 음악은 기억을 담기에 좋다. 형태에 갇히지 않고 시공간을 넘으며 여러 장면을 불러온다.

엄마의 주제곡은 드라마 「베토벤 바이러스」 OST 중 「무대 위로」라는 곡이다. 엄마 팔순 잔치 때 만들었던 영상에 내가 배경 음악으로 골랐다. 곡조가 마치 엄마 같았다. 씩씩한데 애잔하고, 밝고 따뜻한데 눈물이 났고, 자작자작 깔리는 작은 북소리가 뒤돌아보지 않고 걷는 발걸음 소리 같았다. 나는 엄마가 보고 싶으면 이 음악을 듣는다. 내일이 엄마 기일이다. 성당에 촛불 하나 밝혀 놓고 싶었다. 집을 나서서 30분쯤 걸으며 이어폰으로 내내 그 곡을 들었다. 길에 사람이 거의 없으니, 나는 무대 위를 걷는 것처럼 허리가 점점 펴지고 고개가 꼿꼿해졌다. 작은 북소리가 자작자작 나를 격려해 주었다. 어디에 있든 무얼 하든 삶의 무대에 당당히 서리라. 엄마도 그걸 바랄 거다.

며칠 전에 지인의 부친상 소식을 모바일 메신저로 받았다. 부고에 동영상이 같이 따라왔다. 재생하니 3분이 조금 넘는 추모 영상에 고인의 삶이 담겨 있었다. 한국에는 이렇게 고인을 기억하는 장례 문화가 생겼나 보다. 사랑하는 사람들과 찍은 일상 사진은 그 자체로 고인에 대해 이야기를 들려주는 것 같아서 좋았다. 그동안 내가 가 본 장례식에서 고인의 생전 모습은 영정에만 담겨 있었다. 영정 사진에서 그분의 표정과 삶의 색깔을 느끼기는 쉽지 않았다.

영국에는 영정 사진이 없다. 장례식 순서지 앞에 인쇄해 넣은 고인의 사진이 영정이라면 영정이다. 시어머니 사진은 40대의 당신이 아끼던 반려견을 안고 웃고 있는 모습이었다. 지금의 나보다 젊다. 다비나는 순서지 뒷면에 시어머니 사진 몇 장을 더 넣었다. 열 살 무렵 고향에서 마을 어린이들과 함께 찍은 사진, 스무 살 무렵의 사진, 큰아이가 태어난 후 찍은 가족사진… 그 어디에도 암 투병에 지친 일흔 노인은 없었다. 시아버지 장례 때도 비슷했다. 내가 알지 못하는 그의 젊은 날이 거기 있었다.

아버지 장례 때 우리 가족은 조문보를 만들었다. 아버지에 대해 글을 쓰고 사진을 골라 넣은, 3단으로 접히는 6면 브로슈어였다. 그걸 만들면서 아버지 삶을 다시 생각해 보았다. 과학자였던 아버지가 실험실에 있는 모습을 표지로 썼다. 아버지는 당신이 그렇게 기억되기를 바라셨을 것이다. 언젠가 아이들이 내 사진으로 무엇을 고를지 궁금해졌다. 새삼 거울을 본다.

"엄마가 무슨 음식을 좋아하셨지?"

제사상을 차릴 수는 없지만, 기일에 엄마를 떠올릴 수 있는 음식을 먹고 싶었다.

"나는 엄마 하면 녹두전이 생각나."

언니가 말했다. 엄마는 명절 때마다 녹두전을 엄청 부쳐서 자식들에게 바리바리 싸 주셨다.

"맞아⋯. 녹두전을 해야겠네."

그래서 일전에 사다 둔 녹두를 자기 전에 물에 담가 두었다. 아침에 일어나서 콩을 비벼 껍질을 까고 솎아 냈다. 고사리도 불려 삶고, 숙주도 손질했다. 손이 많이 가고 번거로웠다. 그런데 엄마는 녹두전을 좋아하셨을까? 엄마가 산더미처럼 부쳐 놓은 전은 생각이 나는데, 정작 당신이 맛나게 드셨는지는 기억에 없다. 녹두전은 엄마가 아니라 우리가 좋아하던 음식인 것 같다.

나는 엄마를 닮아 손이 크다. 녹두 1킬로그램에 고사

리, 숙주, 김치, 파를 잔뜩 넣어 반죽을 만들었더니 한 솥 가득하다. 전을 큼직하게 부쳤는데도 서른 장이 넘었다. 이웃들에게 나눠 주었다. 오늘이 우리 엄마 기일이라고, 엄마를 기억하며 생전에 해 주신 음식을 만들어 봤다고, 한번 맛보시라고 했다. 케이트가 문자를 보내왔다.

"기억하는 것은 참 멋진 일이지. 우리 엄마는 몸은 아직 우리 곁에 있지만, 정신은 그렇지 않아…. 그래서 나도 때 때로 엄마를 잃었다는 생각이 들어…. 감사히 잘 먹을게. 너의 추억을 함께 나눠 줘서 고마워."

기억을 잃어 가는 엄마를 돌보는 케이트에게 무슨 말을 해야 할지 몰라 아직 답장을 하지 못했다.

다음 주 스튜어드 당번 날에도 장례 미사가 있다. 아직 어떤 분의 장례인지 모른다. 그날 사진을 보고, 주제곡을 듣고, 가족들의 조사를 들으면 고인이 남긴 자리를 짐작 할 수 있을 터다. 언젠가 있을 나의 장례식을 상상했다. 음악은 무엇이 될지, 어떤 사진이 담길지, 조사는 누가 하 게 될지. 누가 맡든 나에 대한 기억을 말하는 것이 곤혹스 럽지 않으면 좋겠다고 희망했다.

노래

생명의 나무
세상으로 나갈 너에게 주는 선물

아이 눈에도 옷이 너무 남루했나 보다. 애린은 대학에 들어가기 전 '미스터 피클'에게 새 옷을 지어 주고 싶어 했다. 피클은 첫돌이 되기 전부터 가지고 있던 토끼 모양의 봉제 인형이다. 대학 기숙사에도 가져가겠다고, 옷 만드는 것을 도와 달라고 했다.

애린은 옷장을 뒤지더니 데님 멜빵 치마를 꺼냈다. 한국에 살 때 입었던 것이니 6, 7년은 족히 되었지만, 아직 새 옷 같았다.

"엄마, 이걸로 만들자."

"그거 이제 안 입어?"

나는 낡은 옷을 뒤적이면서 물었다.

"응, 안 입어."

멀쩡한 옷을 잘라서 인형 옷을 만드는 게 아깝다는 생각이 스쳤지만, 그러기로 했다. 피클이 지금 입고 있는 옷도 내가 천을 아낀다고 허름한 옷을 재활용하지 않았더라면, 지금 저렇게까지 누더기가 되지는 않았을 거다.

애린이 이 치마를 입고 찍은 사진이 있다. 중학교 졸업을 앞두고 GCSE 미술 작품 전시회를 할 때였다(GCSE는 영국 중학교 졸업 시험으로 '중등 교육 일반 자격증'을 일컫는다. 영어, 수학, 과학은 필수 과목이고 나머지는 선택한다). 미술 시험을 이틀에 걸쳐 열 시간 동안 치렀다. 미리 공고한 주제에 대해 다양한 재료를 써서 작품을 만드는 것이었다. 그때 주제는 '조각남Fragmentation'이었다. 애린은 자연 파괴를 표현하기 위해 배 속 가득 쓰레기를 담고, 기름을 뒤집어쓴 바닷새를 만들었다. 재료를 구한다고 아빠랑 바닷가에 나가 쓰레기를 줍고, 재활용 쓰레기장을 뒤져 녹슨 철, 깃털, 전선, 나사, 못, 단추, 풍선 쪼가리를 찾았다. 흘러내리는 원유는 양초를 녹여서 표현하고 싶어 했다. 여느 양초여도 상관없었을 텐데, 나는 애린이 아기 때 세례식에서 썼던 초를 녹여서 병에 담고, 캔들

워머를 챙겨 주었다. 시험 보는 아이를 위해서라면 다양한 형태로 기도할 수 있다. 시험장에 엿을 붙이는 엄마들 심정도 비슷할 거다.

천이 두꺼워서 손바느질에 애먹는 애린을 물끄러미 보다가, 나도 뭘 하나 만들고 싶어졌다. 첫아이이자, 친구이자, 애인이자, 내게 가장 좋은 선생님이었던 애린이가 둥지에서 떠나간다. 상실을 위로할 기념품이 필요했다. 내가 늘 지닐 수 있는 것으로.

주섬주섬 자투리 천을 챙겨서 가방 본을 떴다. 치마 주머니를 살리면 가방에 앞주머니도 만들 수 있겠다. 애린과 나란히 앉아 밤늦게까지 바느질을 했다. 이제 눈이 어두워진 나는 바늘에 실을 꿰는 것을 자꾸 아이에게 부탁했다. 마침내 멜빵 치마는 피클의 바지와 내 가방으로 거듭났다. 가방 앞이 허전해서 장식으로 달 물건이 있을까 서랍을 뒤지다가 '생명의 나무'를 봤다. 아, 이게 좋겠다.

일전에 마리 퀴리 누리집에서 노란 수선화 배지를 산 적이 있다. 배지값으로 아주 헐한 돈을 기부했는데, 얼마 뒤 그 돈에 몇 배는 될 법한 선물 꾸러미가 왔다. 생명의 나무는 그 꾸러미에 있던 작은 금속 장식이었다.

이 나무를 구약 성서 창세기에 나오는 에덴동산 한가운데 있는 나무라고 하는 사람도 있지만, 사실 세계 여러 곳의 종교와 신화에는 살아 있는 존재들을 근원에서 연결해 주는 신성한 나무, 혹은 우주의 중심과 닿아 있는 세계수 이야기가 흔히 나온다. 우리 문화에서는 마을 어귀에 있는 당산나무가 생명의 나무일 테다. 장식을 담은 포장 안에는 이런 글귀가 적혀 있었다.

크고 자랑스럽게 서거라.
가지를 쭉 뻗쳐라.
그러나 너의 뿌리를 잊지 마라.

나에게 생명의 나무는, 이 세상에 뿌리내리고 살려고 애쓰는 여린 목숨을 위로하고 응원하는 생명 에너지 같은 것이었다. 이제 세상에 나가 혼자 살게 될 아이 곁에 이 기운이 함께 있기를 바라며, 피클이 입은 옷 한가운데에도 배지를 하나 단단히 달아 주었다. 토끼 단전에 생명 에너지 연료를 장착해 둔 것 같았다. 그 곁에 있는 애린은 덜 외롭고 덜 고단할 것이다.

　내게도 생명의 나무가 있다. 개나리다. 지난봄에, 꽃이 고작 서너 개 피어 있고 이파리도 빈약한 묘목을 사서 마당에 심었다. 봄이 되면 늘 어린 꽃나무 화분을 사곤 했지만, 마당 흙에 심은 것은 그게 처음이었다. 나는 좀처럼 나무를 마당에 심지 않았다. 마음 한편에 늘 떠날 채비를 하고 있었다. 나무가 뿌리 내리고 자라는 것을 내가 긴 세월 볼 수 있을 것 같지 않았다. 아니, 땅에 심었는데 시름시름 시들면, 뿌리내리지 못하는 내 처지를 투사하면서 지레 슬퍼질까 봐 화분에서 꺼내지 않았는지도 모른다. 하지만 지난봄에는 개나리여서 심었다. 내가 마음 붙일 수 있게 울타리가 되어 줄 것 같았다. 엄마 때문이다.

　어릴 적 살던 집 마당 한구석에 개나리 나무가 있었다. 마당이래야 손바닥만 했으니 한편에 있던 나무가 얼마나 컸으랴마는, 기억 속에 있는 그 나무는 뒤에 숨으면 아무도 찾지 못할 만큼 크고 빽빽했다. 꽃이 피면 정신이 아득해질 만큼 달달하고 따뜻한 냄새가 났다. 지금도 개나리

향을 맡으면 머릿속에 아지랑이가 핀다. 내 가장 오래된 기억은 엄마가 작은 트랜지스터라디오를 개나리 나뭇가지에 걸고 그 아래에서 음악을 듣는 모습이다. 그런 여유는 일하면서 아이 넷을 (거의) 혼자 키웠던 엄마가 자주 누리던 호사가 아니었을 텐데, 한복을 입고 노란 꽃 아래 앉아 있던 그 모습은 지금도 생생하다. 참 고우셨다. 그래서 나에게 개나리는 엄마의 나무가 되었다.

땅에 심은 개나리는 다행히 죽지 않고 여름 한철 동안 쑥쑥 자랐다. 키는 두 배로 자랐고 팔 벌린 가지는 세 배로 커졌다. 물을 줄 때마다 말을 건다.

"너는 크고 자랑스럽게 자라거라. 가지를 쭉쭉 뻗거라. 나의 뿌리는 내가 잊지 않을 테니."

전조등
밤길 운전에서 필요한 것

되도록 피하고 싶은 일이 있는데, 운전이 그렇다. 영국에 온 뒤로는 좀처럼 하지 않았다. 주행 방향이 반대인 것은 차라리 괜찮은데, 신호 없이 출구가 사방팔방으로 열린 회전교차로에 알아서 진입하고, 일차선 국도를 시속 60마일(거의 100킬로미터)로 달리고, 여기저기 일방통행로 표시가 붙어 있는 좁고 구부러진 골목길을 통과하는 일은 자신이 없다. 다행히 지난 몇 년 동안 일상이 몹시 단조로워 차를 몰 일이 거의 없었다. 가게든 바닷가든 병원이든 성당이든 동네 안에서는 다 걸어 다닐 수 있었다.

런던한겨레학교 교장이 되자 토요일마다 런던에 가야

했다. 이스트본에 있는 우리 집에서 런던 뉴몰든에 있는 학교까지는 70마일(약 112킬로미터) 거리다. 기차를 타도 되지만 운행이 불규칙하다. 주중에는 한 번만 갈아타면 되는데 주말에는 서너 번씩 갈아타야 한다. 보따리도 매번 너무 무겁다. 할 수 없이 자동차에 짐을 실으면서 갈 길을 걱정한다. 아니, 돌아오는 길이 더 걱정이다. 수업이 끝나고 마무리하면 6시가 넘는다. 한국에서 6시면 초저녁이지만, 여긴 이미 한밤중이다. 위도가 높으면 여름 해가 길고 겨울밤이 빨리 온다는 것을 새삼 실감한다(서울은 북위 37.5도, 런던은 북위 51.5도에 있다). 꽉 찬 어둠을 뚫고 돌아와야 할 길이 멀다.

집으로 돌아가는 길, 불빛이 없다. 고속도로에도 가로등 없는 구간이 많다. 칠흑 같은 어둠 속을 다른 운전자들은 쌩쌩 잘도 달린다. 내가 고속도로의 제한 속도인 70마일을 겨우 맞춰 달려도 다들 나를 앞지른다. 밤눈 밝은 고양이가 운전하는 것 같다. 나는 무리에서 뒤처지며 자주 어둠 속에 혼자 남는다. 불빛 하나 없는 길을 눈 부릅뜨고 달리다 가로등을 만나면 한숨 돌리게 된다. 잔뜩 올라갔던 어깨와 팔도 비로소 풀린다. 드문드문 있는 희미한 등이 이리 고마울 수 없다.

캄캄한 도로에 익숙하지 않은 것은 내가 오랫동안 서울 근방에서 운전했기 때문이리라. 그곳은 한밤중에도 늘 환했다. 가로등은 흔했고 다른 차량도 많았다. 밤길 운전이 피로한 것은 어둠 때문이 아니라 불빛 때문이었다. 사람에게도, 차나 불빛 공해에도 부대끼는 것이 싫었는데 지금은 되레 그게 그립다. 그때는 적어도 무섭지는 않았다.

고속도로에는 추월 차선이 있으니 다른 차가 나를 앞질러 갈 수 있지만, 일차선 국도를 타면 사정이 다르다. 내 뒤 차량은 내 속도에 맞춰야 한다. 우리 집에 가려면 구불구불한 좁은 고개를 여러 번 넘어야 한다. 깜깜한 밤에 그런 길을 시속 60마일로 달리기는 어렵다. 내 뒤로 멀리 차가 보이면 벌써 부담이다. 내가 민폐를 끼칠 것 같다. 차가 아직 멀리 있는데도 나는 벌써 비난받을까 봐 두려워한다. 이것도 병이다.

천천히 가는 앞차라도 있으면 한결 안심이다. 앞차가 속도를 내면 그걸 쫓아가려고 애쓰다가 결국 다시 혼자가 되곤 하지만, 그렇지 않고 내 속도와 맞아서 한참을 같이 가게 되면 믿음직한 선배라도 만난 기분이 된다. 안심하고 앞차의 빨간색 후미등을 따라가다가 어느 모퉁이에서 좌회전 깜빡이라도 켜지면, 그리 섭섭할 수가 없다. 다시 혼자 남는다.

뒤로 보이는 차가 멀찍이 떨어져서 내 차와 비슷한 속도로 움직이면 이 또한 반갑다. 재촉하지 않으니 왠지 친절한 사람일 것 같다. 어쩌면 나처럼 밤길 운전이 무서운 사람일지도 모른다. 이번에는 내가 앞차다. 천천히 가는 앞차를 길잡이로 삼아 따라가고 싶어 하는 사람이 나 혼자만은 아닐 테다. 갈림길에서 각자 길을 갈 때까지 서로에게 의지한다. 길잡이가 되어 주는 앞차와 압박하지 않고 따르는 뒤차가 있으면 밤길 운전도 할 만하다.

전조등이 비추는 고작 몇 미터 앞이 내가 볼 수 있는 전부다. 익숙한 길은 경로를 대강 짐작할 수 있지만, 초행길에서는 미지의 어둠이 다 불길하다. 나는 겁이 많다.

주말에는 도로 공사가 많다. 회전교차로가 보수 중이면 불편이 이만저만이 아니다. 내가 빠져나가야 하는 길목에

덜컥 도로 폐쇄 표지가 있으면 낭패다. 다른 출구로 나가지만, 어느 길로 이어지는지를 모른다. 내비게이션이 일러 주는 새로운 경로를 믿고 더듬더듬 간다. 누가 그랬다. 길을 잃었을 때 필요한 것은 지도가 아니라 나침반이라고. 나는 남쪽으로 가야 한다. 방향을 잃지 않으면 시간이 걸려도 결국 집에 도착할 것이다.

사는 것도 비슷하지 않을까? 전체 그림을 다 보고, 정교한 지도를 가지고 사는 사람이 얼마나 될까? 나는 지금 전조등이 비추는 만큼만 겨우 보이는 길을 여행하고 있다. 그래도 이 '미지'가 예전만큼 불안하지는 않다. 모르는 게 당연하다는 것을 이제는 안다. 길을 잃는 것에 대한 두려움도 적어졌다. 어차피 길을 잃고 헤맬 수밖에 없다는 것도 알기 때문이다. 고맙게도 전조등이 있으니 당장 눈앞이 캄캄한 것도 아니다.

밤길 운전에 말벗이 되어 주는 사람이 같이 타고 있으면 한결 안심이다. 그이가 길눈까지 밝아서 가야 할 길을 착착 일러 주면 실수도 줄일 수 있다. 특히 처음 보는 회전교차로에서 어떤 출구로 나가야 할지는 옆에 있는 사람이 표지판을 재빨리 읽고 알려 주면 한결 편하다.

  길을 잃지 않게 도와주는 사람도 고맙지만, 길을 잃었을 때 용기를 주는 사람도 귀하다. 오래전 한국에서의 일이다. 여덟 살, 여섯 살 된 딸들을 태우고 친정에 가는 길이었다. 갓 조성된 신도시는 여기저기 공사가 한창이었다. 진입을 잘못하는 바람에 엉뚱하게 공사장을 지나 산길로 향했다. 도로도 끊기고, 내비게이션도 길을 못 찾고, 주변에 사람도 없고, 날도 저물었다.

  "망한 것 같아. 길을 잘못 들었어."

  혼잣말인지 푸념인지 의논인지 모를 말이 한숨과 같이 나왔다. 차를 돌려서 왔던 길로 돌아가는데, 여전히 갈림길도 많고 헷갈렸다. 불안했다. 그때 애린이 말했다.

  "엄마, 여기 맞아. 나 여기 와 봤어. 이 길로 가면 돼. 기억나."

  나도 처음인 그 길을 와 봤을 리 만무한데, 아이는 마치 아는 길인 양 말했다. 린아도 거들었다.

  "맞아, 맞아. 나도 여기 알아. 이 길이 맞아."

  아이들은 헤매는 나에게 연신 맞는다고 해 주었다. 결국 한참 만에 길을 찾았다. 아이들은 기뻐했다.

전조등

"거봐, 맞잖아!"

　한 해가 저문다. 밤은 길고 장거리 운전은 지친다. 그래도 결국 우리 모두 머지않아 집에 닿을 것이다. 그때까지 무사하길, 우리 삶에 좋은 사람이 동행하길, 그리고 바라건대 우리도 누군가에게 힘이 되는 동행자이길 기원한다.

차례상

힘들면 언제든지 돌아오렴

엄마, 올해 추석 차례상에는 고기도 생선도 없어요. 하늘에 계신 다른 분들이 저희가 차린 찬을 보고 가난한 밥상이라고 놀리면, 요즘은 채식이 힙한 거라고 말씀하세요. 코로나19가 돈 뒤로 채식을 선택한 이들이 많아요. 저도 평소에는 할까 말까 했는데, 전염병으로 세상이 엉망진창 되는 것을 경험하고 나서 마음을 바꿨어요. 예전에 살던 대로 계속 살다 보면 아무래도 인류 종말을 피할 수 없을 것 같아서요. 차례상이 풀밭이지만, 그래도 두부나 버섯으로 단백질은 신경 썼어요.

이번 차례상 앞에서 인사드린 영국 소년은 타이라고,

우리 막내 린아의 남자 친구예요. 중학교 때부터 사귀었어요. 언젠가 타이에게 "린아가 너를 사랑하니, 나도 네가 좋다."라고 말해 줬어요. 그땐 별생각이 없었는데, 되돌아보니 "네가 린아를 사랑해 주니, 네가 좋다."라고 말하지 않은 것이 마음에 들었어요. 앞으로도 린아를 주어로 놓는 것을 잊지 않아야겠어요. 이 풋풋한 동갑내기 커플이 앞으로 얼마나 오래 사랑하게 될지는 잘 모르겠지만, 저는 린아가 누구를 선택하든 늘 아이 편에서 지지해 줄 거예요.

이건 엄마한테 배운 거예요. 20여 년 전, 제가 토니와 결혼하겠다고 했을 때, 두 분은 처음에는 매우 난감해하셨죠. 그래도 마음을 바꾸시는 데는 만 하루가 안 걸렸어요. 토요일 오후만 해도 "국제결혼 한 친구 얘기가, 외국인 남편은 평생 이방인이라고 하더라…. 나는 안 했으면 좋겠구나."라고 말씀하시더니, 다음 날 아침 교회에 다녀오시고 나서는 "네가 원하면 그렇게 하렴."이라고 하셨죠. (급반전이라 그날 목사님 설교 말씀이 무엇이었을까 궁금하긴 했어요.)

엄마는 이런 말을 덧붙이셨어요.

"살다가 아니다 싶으면 언제든지 집으로 돌아오렴. 내가 네 아버지와 결혼할 때, 외할머니가 나한테 해 준 말씀이란다."

외할머니도, 잘 키운 큰딸이 부모도 없는 전쟁 피란민 출신 가난한 청년과 결혼하겠다고 말했을 때, 그걸 승낙하기가 어려우셨겠어요. 제게 이 말은 제법 큰 힘이 되었어요. 그래서 저도 언젠가 딸들이 자기 짝을 찾아서 집을 떠날 때, 행복을 빌면서도 이 말은 꼭 해 주려고요.

"힘들면 언제든지 집으로 오렴."

외할머니부터 시작한 이 말이 우리 딸까지 내려가면, 그건 모계로 전해지는 우리 집 전통이 되겠네요.

린아가 타이에게 차례 지내는 순서를 설명해 주는 것을 들었어요.

"음식을 차려 놓고, 그분들을 생각하면서 두 번 반 절을 해. 그리고 할아버지 할머니가 좋아하시는 음식 위에 젓가락을 올려놓고, 두 분이 편안히 드실 수 있도록 우리는 밖에 나가서 기다려. 다 드셨다고 생각하면, 돌아와서 또 두 번 반 절을 하고, 그다음에 남은 음식을 같이 먹는 거야."

차례상

제사는 전통 의례 중 몇 가지 요소만 듬성듬성 엮어서 허술하기 짝이 없어요. 엄마가 차린 차례상은 홍동백서, 어동육서, 조율이시 같은 규칙을 지켰는데, 저는 그것도 엉터리예요. 고기, 생선 요리도 없고, 대추, 밤, 배, 감도 못 구했어요. 그리고 방이 좁아서 동서남북은 맞추지 못하고 공간 되는 대로 상을 놨어요. 형식은 취약하나, 정성을 다했다는 점은 믿어 주세요. 두 분이 오늘 저희 집에서 함께 식사하신다는 마음으로 차린 잔칫상이에요.

상에는 엄마가 좋아하는 국화도 놓았어요. 저는 소국을 볼 때마다 엄마 생각이 나요. 그래서 가을이 좀 힘들어졌어요. 술은 셰리로 준비했어요. 드셔 보신 적이 없을 텐데, 달달하니 좋아하실 거예요. 그건 사위가 골랐어요.

상 위에 두 분 사진도 올려 두었어요. 사진 하면, 저는 엄마 돌아가시기 몇 달 전에 아버지랑 같이 찍어 드린 사진 한 장이 떠올라요. 두 분을 소파에 앉히고, 아버지한테 엄마를 좀 안아 드리라고 했죠. 아버지는 어색하게 웃었는데, 그래도 사진을 보면 아버지 손이 엄마 어깨를 꽉 잡고 있어요. 엄마는 병석에 누운 지 오래되어 마르고 초췌한데도 눈은 형형하고 표정은 온화해요. 예전에 들은 강연에서 강사가 자기애에 대해 말하면서 그랬어요. 아무리 엄마가 자식에게 사랑한다고 말해도 아이와 같이 찍은 사진을 보면 자기 얼굴이 잘 나왔는지부터 본다고요. 좌중은 고개를 끄덕이며 크게 웃었죠. 근데 이날 제가 찍은 사진을 보여 드리니, 엄마는 이 말부터 하셨어요.

"네 아버지는 참 미남이시구나."

엄마는 아버지부터 보셨지요…. 두 분이 결혼하기 전에 찍은, 스물몇 살 때의 풋풋한 사진도 놓아두었어요. 사진 속 두 분은 젊고 건강하세요. 아프지도 고단하지도 않은 그 모습으로 계세요.

올 추석에는 엄마의 아들네와 줌Zoom으로 연결해서 같이 차례를 지냈어요. (그쪽 차례상에 고기가 보여서 안심했네요.) 코로나19를 겪으면서 확실히 화상 회의나 온라인 모임이 쉬워진 것 같아요. 덕분에 왁자지껄 명절답게 보냈어요. 재호가 자기 컴퓨터에 있는 오래된 가족사진을 화면 너머로 보여 주었어요. 두 집 식구들이 다 모여서 영화 관람하듯이 옛날 사진들을 함께 봤어요. 사진이 오래된 기억을 소환했나 봐요. 밤에는 마당에 나가 추석 달을 보는데 옛날 생각이 막 나는 거예요.

저는 사춘기를 심하게 겪었던 것 같아요. 중학교 때 엄마한테 편지를 쓴 적이 있어요. 편지에 그동안 제가 상처받았던 일, 섭섭했던 일, 엄마에게 바라는 것들을 조목조목 적었죠. 눈물에 잉크가 번져 문장 절반은 읽기도 어려웠어요. 그 와중에도 눈물 자국은 남겨 두는 게 좋겠다고 생각한 것을 보니, 상처를 시위하고 싶은 마음이 있었나 봐요. 밤에 몰래 부엌 찬장 안에 넣어 두었어요. 밤에 쓴 편지는 아침이 되면 부끄러워지잖아요. 그래서 눈뜨자마자 회수했어요. 놓아둔 자리에 그대로 있더라고요. 저는 아직도 엄마가 그걸 읽었는지 아닌지 모르겠어요. 읽은 것 같기도 해요. 한참 뒤에 제게 이런 말씀을 하셨거든요.

"미안하구나. 나는 네가 바라는 것을 다 줄 수가 없구나."

그때는 솔직히 '뭐 이런 엄마가 다 있나.' 생각했지만, 지금은 그게 가장 정직한 말이라는 것을 알아요. 저 같으면 딸의 투정에 마음 상해서 이렇게 말했을지도 몰라요.

"너는 내가 줄 수 있는 것보다 더 많이 바라는구나."

그렇게 말하지 않아 줘서 고마워요.

엄마는 자식들을 불러 놓고 유언을 남길 시간조차 없

으셨죠. 3년이나 병상에 있었는데, 엄마의 마지막 순간은 정작 응급실 간이침대에서 갑자기 찾아왔어요. 그래서 우리 형제들이 생각하는 엄마의 유언은 서로 다를지도 몰라요. 제 건 이거예요.

나는 한평생 재미나게 살았다. 너희를 위해서 내 삶을 희생하지도 않았어. 그러니 너희가 내게 빚진 건 아무것도 없다. 엄마는 슬프게 살지 않았다. 그러니 불쌍한 사람으로 기억하지 말아 주렴.

저도 엄마가 되어 보니 알겠어요. 자식에게 마음의 짐을 남기지 않으려는 것이 엄마의 사랑이라는 것을요. 그래서 저도 엄마처럼 살려고요. 고마워요, 엄마.

차례상

2

울타리 너머의 얼굴

빨래
햇볕과 바람의 형태

일기 예보를 보니, 내일은 흐리고 모레부터 매일 비, 비, 비, 비가 온다. 호사롭게 누린 여름 햇살은 이제 기억에만 남아 있다. 봄까지는 축축하고 음산한 날이 이어질 터다.

내가 영국 여름을 사랑하는 이유 8할쯤은 빨래 때문이다. 마당에서 바삭하게 마른 빨래를 걷을 때 손끝과 얼굴에 훅 닿는 냄새, 그게 좋아서 올여름에도 매일 빨래를 했다. 그 냄새는 햇볕과 바람의 자취지만, 바람의 몫이 대부분이다. 햇볕이 물기를 거둬 가는 동안, 바람은 옷감을 흔들며 올 사이사이에 지나간 흔적을 남겨 놓는다. 남겨진 것은 플라스틱 통에 담긴 섬유 유연제의 '은은한 코튼 향' 따위로는 흉내 내지 못할 냄새인데, 이걸 묘사할 낱말이 마땅치 않다. 청량한, 투명한, 따뜻한(혹은 서늘한), 깨끗한, 아련한 같은 말들이 머릿속을 떠도는데 이걸 다 합친 것 같기도 하고, 정작 중요한 것을 빠뜨린 것 같기도 하다. '깨끗한 먼지' 냄새 같다는 생각이 드는 건 그 안에 시간이 담겨 있어서 그런가 보다. 어린 시절 아파트로 이사하기 전 엄마도 할머니도 다 계셨을 때, 그러니까 아주 오래전에, 마당에서 말린 홑청을 이불에 새로 씌워 턱 끝까지 당겨 덮었을 때 나던 그 냄새다. 잊고 있었는데 단번에 알 수 있었다.

빨래는 보이지 않는 것들을 '보이게' 만든다. 존재한다는 것은 알지만 모습은 보이지 않는, 예컨대 햇볕과 바람도 빨래를 통해 그 형체를 드러낸다. 그건 물 잔이 물의 형태를 잡아 주는 것과 비슷하다.

빨래는 이 세상을 떠났다고 생각했던 사람들을 곁에 불러오기도 한다. 그것도 바람이 매개하는 일이다. 노랫말이 그 사실을 알려줬다. 「천 개의 바람이 되어」A Thousand

Winds라는 노래(한국에서는 세월호 참사 희생자를 기리는 추모곡으로 널리 알려졌다) 덕분에 나는 엄마도 아버지도 할머니도 내 곁에 부는 바람으로 남아 있다는 것을 안다. 노래의 영어 가사는 이렇게 말한다.

> 내 무덤 앞에 서서 울지 말거라.
> 나는 거기 없단다. 잠들지도 않았어.
> 나는 천 개의 바람이 되어 불고 있단다.
> 나는 눈 위에 반짝이는 다이아몬드,
> 잘 익은 곡식을 비추는 햇빛,
> 부드럽게 내리는 가을비란다.

엄마의 재를 담아 장지에 가던 날은 몹시 추웠다. 전날 내린 눈이 얼어서 온 천지가 반짝였다. 그날 엄마는 눈 위의 다이아몬드로 빛났다.

빨래를 널고 마당에 우두커니 앉아서 머릿속으로 노랫말을 계속 만들었다. 떨리는 나뭇잎에도, 새털구름에도, 빨래 위에 앉은 햇살에도, 널어놓은 베갯잇을 흔드는 바람에도, 나는 머물러 있단다. 그러니 슬퍼하지 말거라. 염려하지 말거라.

　빨래는 보이는 것을 '보이지 않게' 할 수도 있다. 영화를 보면 특별할 것 하나 없는 벌판에 하얀 이불보 같은 빨래가 여러 줄로 널려 있고, 두 사람이 흔들리는 장막 사이로 서로를 찾는 장면이 나올 때가 있다. 두 사람의 관계에 따라 로맨스나 스릴러, 심지어 호러도 될 수 있다. (호러물에서는 하얀 천이 결국 빨갛게 물든다.) 빨래가 만들어 내는 벽은 다 보이지 않지만, 그렇다고 다 감추지도 않는 그런 것이다. 그래서 얽힌 사람들의 관계에 따라 적당히 안심하고 적당히 긴장한다.

　우리 집 마당에서는 옆집 마당이 훤히 보인다. 그 집에서도 그럴 것이다. 나무로 엮은 낮은 울타리는 소리도 시야도 가리지 못한다. 우리는 옆집 이웃과 그런대로 잘 지내는 편이다. 그 집에는 엄마 둘과 어린 딸 둘이 고양이두 마리와 개 한 마리, 토끼 두 마리와 같이 산다. 나는 김치를 담그면 옆집과 나누고, 옆집 사람들은 쿠키를 구우면 우리 집에 가져온다. 좋은 이웃이지만, 그래도 어떤 날은 옆집 사람들의 방해를 받지 않고 마당에 혼자 있고 싶을 때가 있다. 그런 날은 식탁보나 이불보 같은 것을 빨아서 나무 울타리 가까이 있는 빨랫줄에 길게 널어 둔다. 그러면 저쪽에서도 내가 보이지 않으니 괜히 서로 인사하지 않아도 된다.

어제도 그런 날이었다. 우리 집으로 건너온 옆집 고양이와 우리 집 고양이가 장막을 사이에 두고 한참 서로 기색을 살폈다. 비무장 지대의 초병처럼 그러고 있더니, 어느덧 둘이 뒹굴고 놀았다. 빨래가 쳐 놓은 구획은 바람에 흩어질 만큼 허술하다. 관계도 그만큼이 좋다. 경계가 너무 견고하지도, 활짝 열어젖히지도 않은 상태가.

나는 뒷마당에 빨래를 말릴 수 있는 지금의 사치를, 당장 누릴 수 없는 사람에게는 조심스럽게, 누릴 수 있는 사람에게는 자랑스럽게 말한다. 조심스럽게라도 말하는 것은 누군가 기억 저편에 있는 바람 냄새를 떠올리며 기분이 좋아지기를 바라기 때문이고, 또 아직 경험하지 못한 사람이라면 언젠가 마당에서 잘 마른 빨래를 걷을 때, 그 냄새를 놓치지 마시라고 권하고 싶기 때문이다. 마당 있는 집에 사는 사람들에게는 그냥 이야기한다. 이게 얼마나 기분 좋은 경험인지는 그들도 알 것이라 생각하며.

미국 보스턴에 간 적이 있다. 그때 만난 한국 사람들에게도 빨래 이야기를 했다. 우리 집 빨랫줄에서 흔들리는 옷과 파란 하늘 사진도 보여 줬다. 모임이 끝나고 어떤 사람이 물었다.

"그런데 집에 건조기가 없어요? 왜 빨래를 마당에….."

"빨래 너는 거 도시 미관상 불법 아닌가요?"

예상치 못한 질문에 "아… 불법은 아닌데…." 하고 궁색하게 답했지만, 또 확인했다. 세상 사람들이 다 똑같은 생각을 하고 사는 것은 아니다.

가을이 깊다. 해가 나지 않아도 비만 오지 않으면 마당에 빨래를 넌다. 종일 부는 바람이 젖은 옷을 반쯤 말려 놓으면 저녁에 걷어서 건조기에 넣는다. (우리 집에도 있다, 건조기!) 이렇게 지낼 날이 한참 남았는데 나는 봄이 돌아오기를, 쨍한 해가 다시 비치기를, 훈훈하고 마른 바람이 불기를 벌써 기다린다.

반닫이
옛 주인의 흔적

영국에서 온 서른 살 청년이 처음으로 맞닥뜨린 문화적 충격은, 소음이었다. 살러 온 한국은 활기가 넘쳤지만 그만큼 소리도 넘쳐났다. 가게마다 대형 스피커를 밖에 내놓고 신나는 음악을 틀었다. 그 소리가 한꺼번에 엉켜 머릿속에서 윙윙거렸다. 조용한 곳이 필요했다.

같은 대학교 기숙사 건물에 살고 있는 프랑스인 교수의 집은 골동품 가게라고 해도 될 만큼 옛날 물건으로 가득 차 있었다. 불두佛頭 석상이 얼마나 많던지, 3층에 있는 그 집 바닥이 내려앉아 자기 집도 무너지면 어떻게 하나 걱정이 들 지경이었다. 어느 날 그 교수가 장안평(지금은 '답십리 고미술 상가'라고 한다)에 데리고 갔다. 청년은 그날 고가구에 매료되었다. 조선의 목가구는 중국이나 일본 가구와 달랐다. 아니, 세상 어느 가구와도 달랐다. 청년은 마침내 조용한 장소를 찾았다는 것을 알았다.

그 뒤로 청년은 주말을 늘 장안평에서 보냈다. 오래된 나무의 촉감과 결, 널판의 결속 방식, 금속 장식의 모양과 상징, 재미난 열쇠들, 뭐 하나 흥미롭지 않은 것이 없었다. 거기서 선생님들을 만났다. 몇몇 고가구 상인은 조선 시대 목가구에 관해서는 모든 것을 알고 있는 고수였다. 하루 종일 머무르며 이것저것 묻는 외국 청년을 예쁘게 여겼는지, 상인들은 배달 온 된장찌개 백반을 같이 먹자고 숟가락을 쥐여 줬고, 노른자 푼 쌍화차를 권하기도 했다. 그렇게 몇 년을 '문하생'으로 보내면서 청년은 제법 전문가가 되었다. 웬만한 가구는 이리저리 둘러보고 구석구석 만져 보며 제작 시기를 추정했고, 가구 모양과 장식 특징으로 어느 지방에서 만들어졌는지를 식별할 수 있었다. 그래서 박천, 강화, 남원, 익산, 밀양, 김해, 남해가 어디 있는지는 몰라도, 그곳에서 만들어진 물건은 구별해 낼 수 있었다. 알면 사랑하고, 사랑하면 곁에 두고 싶어진다.

숙소 벽을 조선 팔도에서 만들어진 궤櫃와 장欌으로 다 둘렀고, 가구 위에 가구를 올려놓는 지경이 되었다. 나는 그즈음에 그 청년과 결혼했다.

결혼할 무렵에 기념으로 산 이층장이 있었다. 그건 내가 골랐다. 한남동 앤티크 가게 주인이 장문을 열면서 이런 설명만 안 했어도 마음이 동하지 않았을 거다.

"자세히 보면 나무들끼리 꽉 물려 있지 않아요. 조금씩 움직일 수 있는 공간이 있지요. 그렇게 숨 쉴 공간이 있어야 오랜 세월 동안 틀어지지 않는답니다."

그때만 해도 나도 그러리라 다짐했다. 긴 세월 동안 잊고 산 날이 대부분이지만.

우리는 지난 20년 동안 두 나라를 전전했다. 한국에 살다가, 영국으로 왔다가, 한국으로 돌아갔다가, 다시 영국으로 왔다. 스무 개가 넘었던 고가구는 그 과정에서 대부분 뿔뿔이 흩어지고 이제 네 점만 남았다.

한때 우리와 함께 살았던 가구 중에 '박천 반닫이'가 있었다(궤를 반닫이라고 부르는 이유는, 널판의 반이 열리기 때문이다. 앞으로 열리는 것을 앞닫이, 위로 열리는 것을 윗닫이라고 부른다). 오래된 가구는 모두 옛 주인의 흔적을 어디엔가 품고 있겠지만, 이 반닫이가 특별했던 것은 우리가 알 수 있는 방식으로 함께 살았던 사람의 자취를 남겨 두었기 때문이다.

평안북도 박천 지방의 반닫이는 검은 쇠판을 날카로운 징으로 구멍을 뚫은 뒤 이것으로 전면을 장식한 것이 특징이다. 붉은 나무에 박힌 검은 금속 장식이 주는 강렬함도 그렇거니와 그 크기가 주는 존재감도 남달라서, 우리는 위엄을 갖춘 이 궤를 '그'라고 불렀다. 그를 처음 보았을 때, 우리는 어떤 가족을 함께 만났다. 앞 널판을 열자 안쪽에 발라 놓은 빛바랜 종이가 보였다.

"…는 수령 김일…"

앞뒤가 찢겨서 다 볼 수 없었으나, 그건 『로동신문』이었다. 낡은 종이가 30년은 족히 된 것 같았다. 신문 말고도 '팟국 만드는 법'이라고 적힌 요리책 한 쪽, 기술 공업 관련 책의 일부였을 종이도 붙어 있었다. 오래된 갱지에서 흐릿하게나마 글자를 알아볼 수 있는 것은 그 정도였다. 한 가족이 그려졌다. 그 상상을 글로 쓴 적이 있다.

나는 이 가구를 통해 북한을 좀 다르게 느끼게 되었다. 지난 몇 년간 책으로 공부했던 '위대한 수령'의 북한이 아니라, 기술자 남편과 요리하는 아내가 이 장군같이 잘생긴 가구를 안방에 두고 살았던 구체적인 공간으로서 북한을 생각하게 된 것이다. 그들에게도 아이들이 있었을 터이고, 이 가구는 식구들의 옷이나 이불을 넣어 두는 데 쓰였을 것이다. 그 부모들은 나와 마찬가지로, 아이들이 건강하게 잘 자라기를 바랐을 것이다. 저녁이면 둘러앉아 그날 일어났던 일을 두런두런 이야기했을 것이고, 이 가구는 한구석에 자리 잡고 앉아 그 이야기를 함께 들었을 것이다. 그들은 풍족하지 않았을 수도 있으나 늘 '헐벗고 굶주리는 인민'이었던 것도 아니고, 정치 교육을 받기 위해 모임에 나가야 할 때가 많았지만 동시에 '당과 수령에 대한 충성'을 잊고 사는 시간도 적지 않았을 것이다. 그들은 마치 우리가 사는 것처럼 살고 있었을 것이다.

　　　─이향규, 「이름 불러 주기」, 『민족화해』, 2005년 1~2월 호.

　그가 우리 집까지 온 여정은 짐작이 된다. 장식을 꼼꼼히 살펴본 남편은 그가 19세기 말이나 20세기 초에 제작

된 것으로 추정했다. 다친 흔적이 별로 없는 것을 보아 큰 고생은 없었던 것 같다. 그곳이야 대령강과 청천강이 만들어 놓은 비옥한 박천평야가 있었으니 다른 지역보다 살만했을 거다. 그가 고향을 떠난 것은 1995년 무렵 북한의 대기근 때문이었으리라. 일명 '고난의 행군'이라 불린 그때, 사람들은 살기 위해 무엇이든 값나가는 물건을 중국으로 내다 팔았다. 어느 날 장정들이 그를 들어 어디론가 옮겼고, 얼마 후 깊은 밤에 그는 북한 신의주에서 중국 단둥으로 국경을 넘었으리라. 중국에서도 이리저리 옮겨 다니다가 남한 상인의 눈에 띄어 한국으로 왔을 거다. 북에서 몰래 빠져나오는 귀한 물건은 한국에서 몇 곱절로 팔리던 때였다. 서울 장안평 고가구점 한구석에 있던 그가, 고요함을 갈구하며 서성이던 영국 청년을 불러 세웠다.

　　우리는 2004년에 영국에서 한국으로 다시 돌아가면서 그와 헤어졌다. 새로운 주인은 그 당시 우리 옆집에 살던 사람들이었다. 자폐 증세가 있는 어린 아들을 돌보느라 늘 고단했던 그 집 엄마는 반닫이 앞에 한참 머물더니, "왠지 모르게 위안이 된다."라고 했다. 그가 이번에는 지친 그녀에게 말을 걸었나 보다. 그 가족은 곧 아일랜드로 이주할 것이라고 했다. 그와 우리의 인연은 거기까지였다. 제대로 된 사진 한 장 없다. 남은 것은 이야기뿐이다.

　그는 우리보다 훨씬 더 오래 세상을 살 것이다. 뮤지컬 「오페라의 유령」에 나오는 뮤직 박스처럼, 곁에 있던 사람들은 사라져도, 그는 남을 터다. 얼마 전 그의 이야기를 들려주었더니 미술을 하는 애린은 「아리랑」을 배경 음악으로 해서 우리 집에 잠시 머물렀던 그에 대한 이야기를 애니메이션으로 만들었다. 마지막은 검은 화면에 흰색 손글씨로 쓴 '하우스House'라는 단어가 '홈Home'으로 바뀌며 끝났다. 한때 머물렀던 우리 집을 그가 잠시나마 편히 지낸 따뜻한 집으로 기억하기를 바랐다.

모자

밀리너 엄마

'밀리너Milliner'라는 단어를 처음 들었다. '모자 만드는 사람'이라는 뜻이란다. 선은 자신이 밀리너라고 했다. 아니, 밀리너였다고 했던가? 아니면 언젠가 밀리너가 다시 될 거라고 했던가? 어쨌든 내가 처음 선을 만났을 때, 그는 밀리너가 아니었다. 식당에서 일했고, 요양원에서 노인들을 씻기고 그들의 기저귀를 갈았으며, 남의 집 청소를 했다. 시에서 월세 지원을 받으며 열 살도 안 된 아이 둘을 혼자서 키우는 싱글맘이었다.

낯선 땅에서 생판 모르는 사람이 서로 만나는 일은 신비에 가깝다. 2016년 봄 이스트본의 어느 길에서 선을 만

낮을 때, 토니와 나는 일주일 동안 이 도시에 머무르면서 아이들이 다닐 학교를 알아보고, 살 집을 구하고 있었다. 한 달 후면 우리 식구는 한국 생활을 모두 정리하고 이곳으로 이주해 올 예정이었다. 중개업자가 소개해 준 집을 보고 골목을 나서는데 저만치에서 자그마한 동양 여자가 예닐곱 살 된 아이들을 차에서 내리고 있었다. 아이들 세 명 중에 머리를 빡빡 깎은 사내아이는 칭얼거리는 것 같았다. 중국 여자라고 생각했다. 그 옆을 지나는데 말소리가 들렸다.

"조금만 참아. 이제 거의 다 왔어."

아이는 소변이 급하다고 동동거렸다. 토니가 먼저 말을 걸었다.

"한국 사람입니까?"

"아, 네. 한국에서 오셨어요?"

나중에 알게 되었는데, 선은 그때 이웃 아이까지 맡아서 돌봐 주고 있었다.

"근데 그걸 왜 돈도 받지 않고 했어요?"

"그냥요. 할 수 있는 일이니까요. 어차피 우리 애들도 봐야 하니까."

이런 이야기를 나눌 수 있게 된 것은 우리가 이 마을로 이사 온 지 1년도 훨씬 지난 후였다. 그때까지 선을 길에서 다시 마주친 적이 없었다. 그건 아마 그가 동동거리며 바쁘게 일했기 때문일 거다. 선은 착했다. 나는 착한 사람이 좋다.

선은 꽤 실력 있는 밀리너였나 보다. 런던에 있는 칼리지에서 밀리너리(모자 제작) 과정을 공부했다. 학생 때는 '로열 애스콧Royal Ascot' 패션 디자인 경연에서 상을 받은 적도 있다. 로열 애스콧은 왕실 말들이 참가하는 경마 대회인데, 로열패밀리 모두 모자를 쓰고 참가해서 밀리너들에게는 꿈의 무대라고 한다. 선은 더스티 핑크와 아이보리 색으로 1950~60년대 오드리 헵번Audrey Hepburn 스타일의 모자를 만들었다고 한다. 작은 리본과 진주알로 장식했다는데, 이야기만 들어도 화려하고 고급스러움이 전해졌다. 일련의 불운이 닥치지 않았으면 선의 삶은 그렇게 화려했을 거다.

몇 년 전에 선의 집 작은 부엌 식탁에 앉아 우리는 이런 대화를 나눴다.

"모자를 다시 만들고 싶지 않아요?"

"만들고 싶죠. 그런데 그러려면 머리 모양 나무틀도 더 있어야 하고, 펠트도 사야 하는데 너무 비싸요. 패턴을 만드는 것도 시간이 많이 들고…. 아무래도 지금은 어렵죠. 그래도 언젠가는 할 수 있을 거예요. 일단 모은 돈으로 재봉틀을 하나 사서 틈틈이 옷 수선 일을 해 보려고요."

"그것도 좋은 생각이네요. 재봉틀과 옷감을 만지는 것이 그래도 모자에 한 발짝 더 다가가는 일일 수 있겠어요."

나라면 그 긴 우회가 아득해서 처량한 생각이 들고, 이런 말을 위로랍시고 하는 이웃이 야속할 것 같은데 앞서 밝힌 대로 선은 착하다.

"늘 응원해 주셔서 감사해요. 언젠가 꼭 될 거예요."

선은 착할 뿐 아니라 밝고 긍정적이다.

열망을 간직하면, 방향을 포기하지 않으면 언젠가 그 길에 들어서는 것 같다. 선은 지난해에 모자 일곱 개를 만들었다고 한다. 지인들이 주문했단다. 모자를 판 돈으로 나무틀을 사고, 펠트를 주문했다. 지금은 아이들을 학교에 데려다주고 다시 데리러 갈 때까지―영국은 초등학생 등·하교를 보호자가 같이해 주어야 한다―꼬박 앉아서 옷을 수선하고 모자를 만든다. 모자 주문이 더 많아져서 그리로 무게 중심이 옮겨지길 바라지만, 조급하지는 않다. 여기까지 오는 데 거의 십여 년이 걸렸다. 이만해도 큰 발전이었다. 선이 꿈을 말했다.

"내년 여름에는 애스콧에 제 모자를 출품해 보고 싶어요. 아이들이 중학생이 되니까, 이제 제 시간이 조금 더 생길 것 같아요."

선의 시간은 항상 아이들에게 맞춰져 있다.

나도 재봉틀을 하나 샀다. 선에게 사용법을 배워서 베갯잇과 식탁보를 만들고 여름옷도 하나 지어 입었다. 얼마 전에는 재봉틀을 들고 선의 집에 가서 같이 일했다. 나는 오래된 이불 시트를 잘라서 마른행주를 만들고, 선은 새로 산 펠트를 손질했다. 태블릿 피시로 음악을 듣다가 심심해져서 예능 프로그램 「아는 형님」을 틀었다.

고등학교 때 국어 교과서에는 앨프리드 가디너의 수필 「모자 철학」이 실려 있었다. 모자 짓는 사람이 두상으로 사람을 판단하는 것처럼 우리는 누구나 자기 기준에 따라 타인을 재단하고 평가한다는 내용인데, 뒷부분은 가물가

물하고 앞부분만 선명하다. 모자 만드는 사람은 정말 두상으로 사람을 판단할까? 내가 아는 유일한 밀리너인 선에게 물었다.

"두상을 보면 그 사람이 어떤 인물인지 알겠어요?"

"머리 모양만 보고 사람을 어떻게 알겠어요."

우문이었다.

"그럼 머리 모양을 보면 그 사람한테 어떤 모자가 어울릴지는 상상돼요?"

"그건 알 수 있을 것 같아요."

"그럼「아는 형님」멤버들에게는 어떤 모자가 어울릴까요?"

한참을 생각하더니 이렇게 말했다.

"강호동 씨와 서장훈 씨는 맞춤 모자여야 해요. 기성 모자는 사이즈 찾기가 힘들 거예요. 두 분 다 개성이 강해서 그 매력을 부각할 수 있는 스타일의 모자를 쓰면 좋을 거예요. 강호동 씨는 눈이 강렬하니 강인함과 멋스러움을 함께 드러낼 수 있는 톱 해트Top Hat가 좋겠고, 서장훈 씨는 얼굴형이 잘생겼고 패션 감각이 고급스러우니 스코티시 글렌개리 해트Scottish Glengarry Hat가 어울리겠네요. 김영

철 씨는 얼굴형이 긴 편인데 두상이 잘생겼어요. 창이 넓은 스타일 모자를 권하고 싶은데 남자 분이니 넓은 창을 말아 올린 트리콘 해트_{Tricorn hat}를 추천해요. 김희철, 민경훈, 이상민 씨는 어떤 모자도 다 잘 어울릴 거예요."

    선은 사람의 매력을 본다. 그러니 선이 만든 모자는 단점을 가리는 것이 아니라, 장점을 빛나게 하는 마술을 부릴 것이다.

    선이 점심상을 차려 줬다. 밥에 된장찌개를 끓이고 무말랭이를 무쳐 주었다. 나는 무말랭이가 좋다. 식감도 아삭하지만, 그 안에 담긴 햇볕이 따뜻하다. 누구나 겨울을 나야 할 때가 있다. 밀리너 엄마의 꿈을 응원한다.

등산화

봄이 왔다

영국에 오기 전까지 우리 가족은 경기도 군포시에 살았다. 지하철 4호선 산본역은 뉴코아아울렛과 연결되어 있다. 전철에서 내려 밖으로 나가는 길에 아울렛의 할인 행사장을 지나치게 된다. 내가 가진 옷의 절반은 거기서 산 것 같다. 행사장에는 옷값의 심리적 상한선인 2만 9천 원을 넘지 않는 옷이 많았다. 다닥다닥 줄지어 걸린 옷들 사이를 기웃거리는데 연이 선배가 보였다. 다가가서 알은체를 했다.

"언니도 여기서 옷 사세요?"

"아, 안녕. 여기 너무 좋지."

연이 선배와는 30년쯤 전에 대학원에서 만났다. 같은

동네에 살고, 같은 성당에 다니고, 비슷한 고민을 한다는 것을 알고 있었지만, 그렇다고 자주 만나는 사이는 아니었다. 다섯 살 나이 차이도 그렇거니와, 살갑지 않은 내 성격 탓이기도 했다. 기억에 남는 몇 장면도 따지고 보면 선배가 초대한 것이었다.

"역 앞 극장에서 「밀양」 하던데, 같이 보지 않을래?"

저녁에 문자가 왔다. 심야 상영에는 관객이 별로 없었다. 자정이 훨씬 넘어서 끝났는데, 차마 그냥 헤어질 수가 없어 술을 마시러 갔다. 무슨 이야기를 나눴는지도 가물가물하다. 다만 마주 앉아서 줄곧 담배를 피웠던 것은 기억난다(놀랍겠지만, 2007년만 해도 맥줏집 실내에 흡연석이 있었다). 선배도 나도 평소에는 담배를 피우지 않았다. 그건 영화 탓을 해야 한다. 아무튼 선배와 나는 그렇게 가끔, 느닷없이, 깊이 만났다.

그 선배가 암에 걸렸다. 참고 견딘 모든 일이 안으로는 독이 되었던 모양이다. 어느 일요일 저녁에 동네 찻집에서 만났다. 많이 여위어서 팔도 다리도 더 길어 보였다. 두건을 쓴 얼굴에 눈은 맑고 깊어져서 꼭 수도승 같았다. 헤어지려는데 선배가 말했다.

"뉴코아에 등산화 싸게 판다는데 보러 가지 않을래?"

80퍼센트 할인이라고 적힌 지하 매대에서 선배는 푸른 신발을, 나는 붉은 신발을 샀다. 선배는 몸이 허락하는 날이면 늘 산에 간다고 했다. 두 번쯤 동행했다. 어느 봄날, 물이 흐르는 계곡을 따라가면서 선배가 말했다.

"산은 하루도 같은 풍경이 없어. 계절의 변화는 정말 경이로워. 수리산이 가까이 있다는 것이 얼마나 큰 축복인지 몰라."

연이 선배는 하루하루에 감사했다.

산이 가까이 있다는 것이 얼마나 특별한 일인지, 한국에 살 때는 실감하지 못했다. 더욱이 그 산은 많은 사람이 쉽게 오를 수 있을 정도로 완만하고 온화했다. 우리나라 어디에나 뒷산이, 하다못해 뒷동산이라도 있다는 것은 교가만 봐도 알 수 있다. 내가 다녔던 학교 교가는 "인왕산 넘고 넘어 들 넓은 곳에"나 "용마산 한어리에 자리를 잡고"로 시작했는데, 우리 아이들이 한국에서 다닌 학교 교가도 첫 소절이 "수리산의 정기로 이어 온 터에"였다.(교가를 조사해 보면, 모르긴 해도 산 이름으로 시작하는 가사가 제일 많을 것이다.)

산은 어린이들의 놀이터였다. 나도 산에서 많이 놀았
다. 산딸기를 따 먹고, 잠자리를 잡고, 도마뱀을 쫓아다녔
다. 초등학교 첫 소풍도 뒷산으로 갔다. 산 중턱 평평한
곳에 무덤이 있었는데 거기서 미끄럼을 타기도 하고, 그
둘레에 앉아 수건돌리기를 하기도 했다. 지금 시점에서
보면 이상하겠지만, 그때는 그게 아무렇지도 않았다. 산
에 무덤은 흔했다. 이 이야기를 하니 우리 아이들은 만화
「검정 고무신」을 떠올리던데, 1970년대 서울도 크게 다
르지 않았다.

남편의 등산화는 이태원에서 샀다. 한국에서 우리는 등
산화를 신고 자주 수리산에 갔다. 집을 나와 30분만 걸으
면 깊은 산속에 들어갈 수 있다는 사실에 늘 감사했다. 그
는 산속을 날다람쥐처럼 샅샅이 쏘다녔다. 산에는 꿩도
있고 고라니 같은 날짐승의 흔적도 있었다.

"어린 시절을 다시 경험하는 것 같아."

남편은 산에서 소년이 되었다. 영국에는 이런 산이 없
다. 아니, 세상 어디를 가도 한국의 뒷산 같은 곳을 만나

기는 쉽지 않을 거다. 산에서 만끽할 수 있었던 풍요는 한국을 떠나면서 남편이 가장 아쉬워했던 것 중 하나다. 지금도 그리워한다. 그 대신 찾은 것이 숲이다.

토니와 나는 여러모로 다르다. 나는 실용적이고, 그는 심미적이다. 내가 방마다 시계를 거는 동안, 그는 거울 놓을 자리를 찾는다. 나는 확 트인 넓은 공간을 좋아하는데, 그는 은밀하게 숨겨진 곳을 좋아한다. 나는 들판이나 바닷가에 가고 싶어 하고, 그는 숲에 가고 싶어 한다. 나는 바닥이 질척이고 나무로 빽빽해서 어두운 숲이 무섭다. 그래서 토니가 근처 애벗스 우드에 가자고 해도 좀처럼 따라나서지 않았다. 지난가을에 딱 한 번 같이 갔다가 속이 울렁이고 불안해져서 집에 갈 시간만 재촉했다. 질척한 땅에 어울리지 않는 바닥 얇은 운동화를 신고 나선 내 불찰도 크다.

지난 주말, 등산화를 챙겨 신었다. 연이 선배와 같이 산 그 신발이다. 텔레비전에서 오늘이 춘분이라고, 북반부에 공식적으로 봄이 왔다고 해서, 봄을 보고 싶었다. 애벗스 우드에 갔다. 그동안 입원과 퇴원을 반복하느라 남편도 거의 한 달 만에 숲에 왔다. 집에서는 그리 기운이 없더니,

나무들 사이에서 점점 활기가 차올랐다.

"여기가 왜 그렇게 좋아?"

"여긴 구석구석 같은 풍경이 하나도 없어서 재미나. 인적이 없는 곳에는 사슴도 있어. 이런 숲이 가까이 있다는 것이 얼마나 큰 축복인지 몰라."

그도 연이 선배처럼 말했다.

밑창이 두껍고 씩씩한 신발을 갖춰 신으니 진흙에 빠질 걱정이 사라졌다. 발 디딜 자리를 찾느라고 땅만 봤던 고개를 들어 보니, 나무도 하늘도 햇살도 그림자도 보였다. 그래, 봄기운이 우리를 살릴 것이다.

채리티 숍

누구나 집 한 칸은 필요하다

"아! 이거 지금 막 매대에 놓은 거예요."

스테인리스 3단 찜 냄비와 프라이팬을 계산대에 올리니 봉사자로 보이는 사람이 말했다. 안다. 방금 창고에서 들고나오는 것을 봤다.

"제가 오늘 운이 좋네요."

찜 냄비가 있으면 옥수수, 가지, 호박을 찔 수도 있고, 김이 모락모락 나는 만두나 호빵도 만들어 먹을 수 있다. 안 그래도 하나 사려고 지난번 장을 보면서 슈퍼마켓에서 봐 둔 게 있었다. (만지작거리다가 놓고 왔는데 안 사길 잘했다.) 프라이팬도 오래 쓰다 보니 코팅이 벗겨져 부침개라도 부치면 자꾸 눌어붙는 바람에 새것을 사야 하나,

고심하던 중이었다. 졸지에 '득템' 했다. 누가 썼는지 깨끗하게 써서 냄비도 프라이팬도 새것 같았다. 두 개 값으로 11파운드(약 1만 7천 원)를 냈다. 같이 나선 애린도 바지 하나와 셔츠 두 벌을 골랐다. 패션에 관심이 많은 애린과 린아도 '채리티 숍Charity Shop'을 자주 찾는다.

채리티 숍은 공익 목적으로 활동하는 비영리 자선 단체(그런 단체를 '채리티'라고 부른다)가 활동 기금을 마련하기 위해 중고 물건을 파는 자선 가게다. 한국의 '아름다운가게'를 생각하면 비슷하다(아름다운가게는 영국의 옥스팜을 벤치마킹했다고 한다).

채리티 숍은 영국 전역에 1만 1천 2백 개가 넘는다고 한다. 내가 사는 이스트본 시내 중심가에도 큰길을 따라 적십자사, 영국 심장 재단, 암 연구 재단, 구세군, 옥스팜, 마리 퀴리, 셸터 등 채리티 숍이 스무 개 가까이 있다. (시내에 카페가 스무 개 있으니 거의 그만큼 많다.) 자선 가게 간판들을 보며 걷고 있으면, 사람이 살면서 겪을 수 있는 온갖 어려움을 누군가는 곁에서 도와주고 있는 것 같아 괜히 고맙고 안심이 된다.

자선 가게에서는 옷, 신발, 가방, 책, 시디, 주방 용품을 비롯해 잡다한 물건을 판다. 전자 제품이나 가구를 파는 곳도 있다. 대부분 지역 주민이 기증한 물품이다. (그래서 어떤 이들은 비싼 물건을 저렴한 중고로 사려고 부자 동네로 쇼핑 원정을 떠나기도 한다.) 여기 사람들은 필요 없는 물건을 정리하고 나면 으레 채리티 숍에 기증한다. 나도 옷장 정리를 하고 옷가지를 갖다준 적이 몇 번 있다. 팔릴까 싶어 망설였지만 깨끗이 빨아서 보냈다. 가게에서는 팔릴 만한 옷은 매장에서 팔고, 나머지는 섬유류 재활용 업체에 보내 기증품의 90퍼센트를 처리한단다. 그렇게 재사용 혹은 재활용된 섬유류만 1년에 40만 톤이라니, 나의 낡은 재킷도 쓰레기로 땅에 묻히기보다는 다시 사용될 기회를 얻는 편을 좋아할 거다.

이런 가게를 부르는 이름은 나라마다 다르다. 영국의 채리티 숍이 자선에 초점을 맞췄다면 미국에서는 절약에 방점을 두어 '스리프트 숍Thrift Shop'이라고 한다. 나는 호주와 뉴질랜드에서 부르는 이름이 마음에 들었다. 거기서는 '오퍼튜니티 숍Opportunity Shop', 줄여서 옵 숍이라고 한단다. 정말 그렇겠다. 이런 가게가 많아지면 물건도, 사람도, 자연도 다시 살아날 수 있는 '기회'가 많아지겠다.

　아침마다 출근 도장을 찍듯이 채리티 숍을 기웃거리던 때가 있었다. 애린이 돌 무렵이었으니, 벌써 20년 가까이 되었다. 그때는 런던에 살았다. 가난하고 불안하고 우울했다. 갓 이민 온 외국인 엄마가 유모차를 밀고 갈 데가 마땅치 않았다. 그때 우리가 살던 동네에도 자선 가게가 열 개쯤 있었다. 아무것도 사지 않으면서 가게에 오래 머무는 사람을, 그것도 매일 오는 사람을 싫은 내색 하지 않고 품어 주는 곳은 거기밖에 없었다. 그곳에는 나 말고도 그런 사람이 여럿 있었다. 지루한 하루를 때우고 있는 행색 초라한 사람들. 어떤 날은 동선이 겹쳐 같은 사람을 다른 가게에서 계속 만나기도 했다. 그렇게 매일 다니다 보면 새로 들어온 물건을 금세 알아볼 수 있다. 유모차도, 옷도, 그림책도, 노래 CD도, 린아가 태어난 다음에는 두 아이가 탈 수 있는 쌍둥이 유모차도 다 채리티 숍에서 샀다.
　가게에서 일하는 사람들은 대부분 자원봉사자다. 2022년 통계를 보면 영국 전역에 있는 채리티 숍에서 일하는 직원은 2만 7천여 명이고, 자원봉사자는 19만여 명이라고 한다. 자원봉사자의 기여가 크다. 봉사자는 일 경험이 필요한 젊은이부터 은퇴한 노인까지 다양하다. 애린도 중학생 때 주말이면 동네 채리티 숍에서 물건 정리하는 일을 했다. 주중에는 아무래도 노인 봉사자들이 많다. 이 일을 하는 것이 그들 삶에 틀림없이 활력이 될 것이다. 조사 결과를 보니 노인 자원봉사자 열에 여섯 명은 이 일을 통해 신체적·정신적 건강이 좋아졌고, 여덟 명은 자존감과 자신감이 회복되었다고 한다. 이해할 수 있다. 채리티 숍이 있기에 그들도 아침에 일어나 단장하고 갈 곳이 생겼을 것이다.

예전과 달리, 요즘에는 채리티 숍에서 젊은이들이 많이 보인다. 젊음은 존재만으로도 공간을 산뜻하게 만들 때가 있다. 가게는 왠지 '힙한' 공간이 되어 있었다.

"그게 문제라고 보는 사람도 있어. 젊은 사람들이 많아져서 가게에 사이즈가 작은 옷이 많아지고, 가격도 올랐거든. 그렇게 되면 이전에 가게를 이용하던 사람들이 불편해지는 거지."

린아는 자선 가게에 젊은이들이 진출해서 결국 노인들

이 쫓겨나는 (젠트리피케이션Gentrification 비슷한) 일이 벌어질까 걱정했다. 정말 그렇게 될까? 희망 사항일 수도 있겠지만, 내 생각은 다르다. 오히려 젊은 사람들이 많아져서 지금까지 그곳을 지켜 왔던 노인들도 활력을 얻고, 장사가 잘 돼서 자선 단체가 하는 일을 더 잘할 수 있게 되고, 공동체나 환경 문제에 관심 있는 사람이 더 많아지지 않을까? 우리 아이들만 해도 채리티 숍에서 옷을 사면서 패스트 패션에 더 비판적이게 되었고, 자원 재사용에 관심이 더 많아졌다. 가게에 걸린 슬로건을 눈여겨보는 것은 물론이다. 이를테면, 노숙자를 돕는 자선 단체 '셸터'에는 이런 글이 적혀 있었다.

"신발이 50켤레나 필요한 사람은 없다. 그러나 누구든 머무를 집 한 칸은 필요하다."

애린과 시내에 있는 가게들을 순례하듯 돌아다니면서, 그 옛날 유모차를 밀며 가게를 기웃거렸던 젊은 엄마가 떠올랐다. 이 가게들이 그 시절 나를 지탱했다. 나는 이제 중고 냄비를 사면서 하나도 슬프지 않고, 어른이 된 애린은 힙한 빨간 바지를 고르고 기뻐한다. 채리티 숍, 내가 영국에서 가장 사랑하는 곳이다.

펍

영국식 마을 회관

"당신 로컬(local)이 뭐예요?"

"레드 라이언(The Red Lion)이요. 그쪽은요?"

"허스트 암즈(Hurst Arms)예요."

남편이 파이프를 고치러 온 배관공과 이야기를 나누는데, 처음에는 이게 무슨 질문인지 이해가 안 됐다. 대답을 듣고 알았다. 이건 '당신이 가는 로컬 펍Local Pub 이 어디냐?'는 물음이다. 술꾼들의 대화가 아닌 이상, 처음 만난 사람들이 서로의 단골 술집을 물어보는 것이 나는 어색했는데 그들은 날씨 이야기하는 것처럼 자연스럽게 말했다. 이 말은 "너는 어느 동네에 사니?"라는 질문과 크게 다르지 않은 것 같았다.

펍은 '퍼블릭 하우스Public House'의 줄임말이다. 개인 집 Private House이 가족을 위한 사적 공간이라면, 펍은 누구나 드나들 수 있는 공공의 공간이다. 10세기경에 에일Ale을 만드는 술도가에 사람들이 모여서 술을 마시며 이런저런 이야기를 나눈 것이 펍의 기원이라고 한다. 그 뒤 술도가 는 주막 비슷하게 발전해서 술과 음식, 숙소를 제공하는 곳이 되었다. 동서고금을 막론하고 술을 파는 곳은 길 떠 난 나그네가 머무는 장소가 되나 보다. 그래서 펍 이름에 여관이라는 뜻인 '인Inn'이 들어간 경우도 많다. 내가 사는 이스트본에는 비치 헤드라는 바닷가 절벽이 있는데, 근처 에 '타이거 인'이라는 오래된 펍이 있다. 영국에서 오래되 었다고 하면 정말 오래된 거다. 타이거 인은 15세기부터 영업을 했다. 이스트본에서 제일 오래된 펍은 '더 램 인' 이다. 여기는 간판에 1180년이라고 적혀 있다. 아무튼 펍 의 역사는 길다.

펍은 동네 이정표 역할을 한다. 어디 사느냐고 물었을 때, 거리 이름은 잘 몰라도 어떤 펍 부근인지는 다들 안다.

펍

런던 같은 대도시는 다르겠지만, 작은 도시에서 로컬 펍은 그저 술집이 아니다. 동네 사람들이 모이고, 얘기하고, 정보를 공유하는 사랑방이자 마을 회관이다. 펍은 누구와 만날 약속을 하고 가는 곳이라기보다, 가면 누군가를 만나게 되는 곳이다.

　허스트 암즈는 우리 집 골목 입구에 있다. 주인 에이드리언은 네덜란드 사람이다. 네덜란드 사람이 계산에 밝다는 고정 관념은 영국에서도 강하다. 어차피 동네 장사니, 단골손님에게는 가끔 인심 좋게 공짜 술도 줄 것 같은데 그는 좀처럼 그러지 않았다. 남편은 자기한테 소다수를 공짜로 준 적이 있다고 고마워하지만, 그건 생일처럼 정말 특별한 날에 베푸는 아주 드문 선심이었다. 펍의 맥줏값은 파인트(약 570밀리리터) 한 잔에 4파운드(약 6천 원)쯤 한다. 제법 비싸다. 매일 오는 손님, 특히 노인이 현금을 내고 술을 몇 잔씩 사 마시는 것을 물끄러미 보고 있으면, 빠르게 돈을 받고 거스름돈을 주는 에이드리언의 손놀림이 괜히 얄밉게 느껴지기도 했다. 이처럼 그를 야박하게 평가했던 것은 아마도 첫인상 때문이었을 거다. 표정을 읽기 어려운 얼굴과 사무적인 태도는 내가 한국에서 당연하게 여겼던 요식업 종사자의 살가운 모습과는 한참 멀었다. 그에 대한 생각은 얼마 지나지 않아서 바뀌었다.

여름 한철 동안 한 달에 한 번 펍에서 바비큐 파티를 한다고, 남편이 함께 가자고 했다. 날이 좋아 따라나섰다. 사람이 꽤 많았다. 펍 뒷마당에서 에이드리언은 앞치마를 두르고 양갈비와 돼지고기, 닭고기, 소시지, 소고기 패티를 대형 바비큐 그릴에 한가득 굽고 있었다. 테이블 위에는 일회용 접시와 포크, 햄버거 빵과 채소가 준비되어 있었다. 산더미처럼 쌓인 고기를 보면서 이걸 다 준비하려면 비용이 만만치 않게 들었겠다고 생각했다. 토니에게 물었다.

"얼마 내야 해?"

"무료야."

"진짜?"

"대신 기부금을 받아."

카운터 위에 기부금 통이 보였다. 가까이 가 보니 기부금 전액은 가까운 어린이 병원에 전달하겠다고 적혀 있었다. 우리는 접시에 음식을 담고, 통에 식구 네 명의 식삿

값을 넉넉하게 넣었다.

야박하고 계산속이 밝은 사람이라면 굳이 이런 일을 벌일 리 없다. 며칠 뒤 펍에 갔을 때, 그간 오해한 것이 미안해서 이번에는 과하게 칭찬했다.

"나 사실 감동했어. 보통은 이런 일 잘 안 하잖아. 비용도 많이 들 텐데 누구나 무료로 먹을 수 있도록 하고, 또 기부금 모아 어린이 병원에 전달하는 거, 정말 훌륭해."

에이드리언은 덤덤하게 말했다.

"나는 그냥 비즈니스를 하는 거야. 펍은 지역 주민들이 와 줘야 운영되는 거고, 그들에게 좋은 일을 해야 계속 찾아올 거고, 그래야 사업이 계속되는 거잖아. 커뮤니티가 강해지면 펍도 잘되니까, 내가 할 수 있는 일을 하는 거지."

그의 말 속에는 도덕적으로 옳은 일을 한다고 믿는 사람이 갖는 우월감이나 자부심이 없었다. 그래서 야박하다고 여겼던 그의 사무적인 태도가 오히려 좋았다.

우리 집 보일러가 고장 났을 때, 인근에 사는 보일러 기사 데이비드가 와서 수리해 주었다. 비용을 치러야 하는데 마침 현금이 없었다. 데이비드가 말했다.

"그러면 돈을 펍에 맡겨 두세요. 거기서 찾아갈게요."

"그래도 돼요?"

"우린 자주 그렇게 해요."

그래서 수리비를 에이드리언에게 주었다.

"알겠어. 데이비드는 수요일에 오거든. 그때 전해 줄게."

그는 펍에서 우편물이나 택배를 받아 줄 때도 있다고 했다. 이번에도 건조하게 말했다.

"아는 사람 물건을 받아 주는 거야. 모르는 사람 것은 안 받아."

나는 감동받으면 칭찬한다.

"펍은 진짜 동네의 '허브Hub' 같아. 중요한 일을 하네."

에이드리언은 펍이 동네 네트워크의 중심이라는 말이 마음에 들었나 보다. 계산대 아래 선반에서 종이 하나를 꺼내 보여 줬다. 코팅까지 해서 제법 잘 간수하고 있었던 오래된 신문 기사 제목은 이랬다.

"커뮤니티를 지탱하는 가장 중요한 기관은 학교, 교회, 그리고 펍이다."

맞다. 한국에서 이주해 온 우리를 반겨 준 (굳이 반기지 않더라도 우리가 어딘가 속할 수 있게 해 준) 곳도 딱 그

세 곳이었다. 아이들은 학교, 나는 교회, 남편은 펍에 갔다. 그리고 거기서부터 사람을 만나기 시작했다.

한동안 팬데믹으로 이 커뮤니티 공간의 문이 다 닫혔었다. 더 이상 교회, 학교, 펍에 갈 수 없었다. 한참 만에 다시 문을 연 것은 2020년 7월 4일이었다. 미국 독립기념일인 그날, 영국도 국경일이라도 된 것처럼 축제 분위기였다. 그러다 감염이 재확산되면서 문을 닫았는데, 펍이 문을 다시 연 것은 이듬해 봄이었다. 그동안 고립되었던 사람들이 사랑방에 모였다. 아직은 야외 탁자에 앉는 것만 허용되었지만, 긴 겨울이 끝나고 봄이 시작되었으니, 밖에 있는 것도 괜찮았다.

나도 펍에 갔다. 오랜만에 만났으니 반가울 법도 한데, 에이드리언은 별 인사도 없이 기계적으로 주문을 받았다. 이제 그러려니 한다. 기네스 파인트 한 잔을 들고 앞마당으로 갔다. 아는 얼굴이 여럿 보였다. 그동안 어떻게 지냈는지, 어디 아픈 데는 없었는지 서로 안부를 물었다. 혼자사는 노인들이 유독 많이 보였다. 그들에게는 이런 교류가 특별히 절실했겠다. 하늘이 맑았다.

명절 음식

여느 평범한 날

한국에 다녀오고 나면 그곳이 더 그리워지는데, 하필이면 곧바로 추석이었다. 내가 아는 한인 이웃들에게 연락해서 추석날 우리 집에서 저녁을 먹자고 했다. 그래 봐야 이 작은 도시에 사는 한인은 손가락으로 꼽을 정도다. 그중 선의 가족이 온다고 했다. 다행이다. 덕분에 추석날이 여느 수요일이 아니라 민족의 명절이 되겠다. 음식을 나누는 것, 내게는 그것이 명절이다. 잔칫상을 차리리라!

아침

아침부터 설레었다. 한국에 보낼 소포가 있어서 우체국

가는 길에 마주치는 사람마다 인사를 했다. 내가 기쁘니 사람들이 다 기뻐 보였다. 평소에 무뚝뚝했던 우체국 직원도 친절하기 그지없었다. 시시한 물건들을 부치는데 무게가 2.09킬로그램이었다. 직원이 90그램만 줄이면 송료가 반값도 안 된다고 알려 줘서 포장을 다시 했다. 감사하다고, 오늘은 한국의 큰 명절인데 당신의 친절이 오늘 나에게 첫 선물이라고 얘기해 주었다. 자꾸 오늘이 추석이라는 것을 사람들에게 말해 주고 싶었다.

받는 사람 주소를 스크린에 입력하는데 '코리아'라고 치니 인공기와 태극기가 나란히 떴다. 혹시라도 잘못해서 '노스North'를 누를까 봐 조심해서 '사우스South'를 눌렀다. 영국에서 국제 우편을 보낼 때나, 문서를 작성하다가 나의 출신 국가를 선택해야 할 때, '코리아' 하면 남한과 북한이 나란히 뜬다. 그럴 때마다 내 나라가 분단되었다는 사실을 실감한다. 북쪽을 잘못 누를까 봐 괜히 긴장한다. 처음에는 괜한 우월감에 두 사회가 나란히 있는 것이 못내 서운하고 '남한이 북한보다 40배는 더 잘살거든요.' 하는 마음의 소리가 들릴 때도 있었다. 오늘은 모든 게 흐뭇하다. 북에 있는 사람들에도 오늘은 추석 명절일 터다.

길거리에 농산물 직거래 시장이 열렸기에 기웃거렸다. 사과를 파는 노인이 "이렇게 아름다운 여성이 이 마을에는 어쩐 일로 오셨습니까?"라고 물었다. 어려서부터 예쁘단 얘기를 좀처럼 들어 본 적이 없어서 이런 빈말에도 속절없이 얼굴이 붉어졌다.

"저는 이곳에 살아요."

그가 내 티셔츠에 적힌 글을 소리 내어 읽었다.

"떠돌아다니는 이들 모두가 길을 잃은 것은 아니다.

(Not all those who wander are lost.)"

묻지도 않았는데 얘기해 주었다.

"톨킨J. R. R. Tolkien이 쓴 말이에요."

한국의 알라딘 중고 서점에서 산 옷이다. 상표에는 『반지의 제왕』에 나오는 말이라고 적혀 있었다. 그는 "오! 톨킨이냐?"라고 했고, 나는 그렇다고 답하는 내가 좀 멋져 보였다. 그는 '떠돌아다니다(wandering about)'라는 말을 살짝 바꿔 "사과를 사고는 또 그렇게 떠나시는군요(wandering off)."라고 말장난을 했고, 나는 좋은 하루 보내시라고 인사했다. 사과 봉지를 들고 집에 오면서 나는 내가 이곳에 살고 있는 건지, 떠돌아다니고 있는 건지 잠깐 생각했다. 아직은 모르겠다. 다만 길을 잃지만 않았기를.

오후

전, 완자, 산적을 만들 준비를 했다. 학교에서 돌아온 애린과 린아에게 산적 꼬치 끼우는 것을 시켰다. 어릴 적부터 엄마가 우리에게 시켰던 일이다. 조금 더 커서는 전 부치는 일을 했다. 아이들에게도 가르쳐 줬다. 옛날 사람들은 전을 예쁘게 부치면 예쁜 딸을 낳는다고 했다고, 엄마가 전을 예쁘게 부쳐서 너희들이 이렇게 예쁘다고 했더니, 린아가 그래서 자기 얼굴이 전처럼 생겼느냐고 했다. 웃었다. 두 딸이 마주 앉아 전을 부쳤다. 김이 모락모락 나는 전을 손가락 바꿔 가며 집어 먹으면서. 내가 어릴 적에 그랬듯이.

엄마는 늘 남에게 베푸는 사람이었다. 추석 때는 언제나 새벽에 기다리고 있다가 우유 배달부와 신문 배달부에게 선물을 건넸다. 성탄 때도 그러셨다. 아이들에게 할머니는 사람들을 대접하는 것을 좋아하셨다고 얘기했더니, 엄마는 할머니를 닮았나 보다고 말해 줬다. 전을 부치면서 이런 덕담을 나누는 추석날 오후, 평생 기억하게 되는 몇 안 되는 순간들은 이런 날일 것이다.

저녁

　선이 아이 둘과 함께 왔다. 와 줘서 고마웠다. 두 아이를 혼자 키우는 엄마. 괜히 엄마에게도 아이들에게도 애틋한 마음이 들어서 오늘 명절 상은 이 가족을 위해 준비한다고 생각했다. 아이들을 위해 닭강정도 튀겨 놓았다. 작은아이는 우리 딸들을 잘 따랐고, 큰아이도 표정이 편안했다. 그럼 됐다. 토란을 구할 수가 없어서 뭇국을 대신 끓였다. 송편도 없다. 한국에서는 그렇게 흔한 것들이 여기선 한없이 귀하다. 그래도 좋았다. 모여서 같이 먹으니.
　밥을 먹고 마당으로 나가 불을 피웠다. 따뜻함을 얻기에는 모닥불만 한 것이 없다. 둘만 남게 되자, 선이 자기 이야기를 해 주었다. 둘째가 배 속에 있을 때, 도저히 이 세상 살아갈 자신이 없었단다. 어느 날, 세 살 난 아들을 데리고 바닷가 절벽에 우두커니 서 있었단다. 칙칙한 하늘과 회색 바다를 넋 놓고 보고 있는데 바람에 구름이 걷히면서 살짝 해가 났다. 물이 반짝였다. 엄마 손을 잡고 있던 아들이 말했다.

"엄마, 바다가 참 예뻐요."

그 말에 정신이 번쩍 들었다고. 그길로 돌아와 정말 열심히 살았다고 했다. 그 아이는 이제 열 살이 넘었다.

나는 아이들이 참 잘 자랐다고, 엄마가 애를 많이 썼다고 말해 주었다. 선은 눈물로 키웠다고 말하면서 웃었고, 고맙다고 했다. 그는 정말 애썼다. 그런데 놀랍게도 얼굴에 모진 흔적이 없다. 맑은 기운마저 느껴졌다. 누군가의 고단한 삶이 위로가 될 때, 그건 그가 나보다 더 불행해서가 아니라, 그럼에도 그가 존엄을 잃지 않았음을 보여 주기 때문이다. 고마운 것은 나였다.

나는 한동안 타지에서 한국 사람을 만날 때마다 "우리식구를 우연히 밖에서 만나면/ 서럽다"로 시작하는 김영승의 시 「반성 673」『반성』, 민음사, 1987이 생각났다. 서럽다고 해야 할지, 부끄럽다고 해야 할지. 그래서 런던에서도 한국 사람들이 모여 있으면 일부러 길을 돌아갔고, 외국 생활을 하면서 한인회를 찾지도 않았다. 굳이 한국 사람이기 때문에 친하게 지낼 필요는 없다고 생각했다. 그런데 이젠 한국 사람이기 때문에 따로 설명하지 않아도 같이 나눌 수 있는 게 많다는 것을 안다. 그게 주는 편안함이 있다. 지금은 그 편안함이 더 좋은 것 같다. 나이가 드는 건지, 외로워지는 건지, 아니면 둘 다인 건지.

　이번 추석에 내가 얻은 것들이 적지 않다. 찾아오는 사람을 위해 명절 음식을 준비했던 오래된 기억이 돌아왔다. 그게 우리 엄마에게서 나로, 그리고 다시 우리 아이들로 이어져서 다행이다. 모닥불 앞에서 나눈 엄마들의 시간도 좋았다. 우리가 아이 손을 놓지 않으려고 얼마나 애쓰며 살았는지를 서로가 알아주는데, 모닥불 때문인지 와인 때문인지 몸속 한구석이 뜨거워졌다. 아무래도 설날도, 내년 추석도 이렇게 보내야 할까 보다. 그래서 여느 평범한 날을 '명절'로 만들어야 할까 보다.

　그날 밤, 연일 흐리고 비가 왔던 하늘에 선물처럼 보름달이 떴다.

황금 지붕
문화재의 진짜 주인

집에서 바다가 멀지 않다. 이스트본은 이름
난 관광지는 아니지만, 여름 한철 바닷가는 관광객으로
제법 붐빈다. 해변에 이동식 놀이 기구가 설치되고, 아이
스크림 트럭 앞에는 아이들이 줄을 선다. 어른들은 노천
카페나 해변에 앉아 와인이나 맥주, 핌즈^{Pimm's}(영국에서
여름철에 많이 먹는 알코올 음료다. 진의 일종인 핌즈와
레모네이드를 섞고, 거기에 과일, 오이, 민트 같은 것을 넣
어 만든다)를 마신다. 야외 공연장에서는 브라스 밴드의
관악기 소리가 들린다. 저녁에는 뮤지션들이 유명 가수나
그룹을 모사하는 트리뷰트 공연을 한다. '퀸^{Queen}'이나 '아
바^{ABBA}' 공연은 인기가 많다. 여름밤에 해안선을 따라 길

게 걸린 색색 꼬마전구를 보고 있으면 속초 바다가 생각
난다. 활기 때문일 거다.

　이스트본 해안에서 가장 상징적인 건물은 피어^Pier다.
피어는 해안에서 바다 쪽으로 길게 설치된, 부두 같은 구
조물인데, 이스트본 피어는 길이가 300미터쯤 된다. 갑판
처럼 생긴 나무 바닥을 밟으며 수평선을 향해 가다 보면
마치 바다 위를 걷는 것 같다. 피어 중앙에는 기념품 가게
들과 찻집이 있고, 끝에는 지붕이 둥근 돔으로 된 주 건물
이 있다. 안에는 음식점과 클럽이 있다.
　2016년 여름 이곳에 온 뒤, 처음 바닷가에 나갔을 때
맨 먼저 눈에 들어온 것은 피어의 황금색 돔 지붕이었다.
주변에서 흔히 볼 수 있는 색이 아니어서 낯설고 신기했
다. 피어 곳곳에 황금색이 있었다. 데크를 밝히는 가로등
기둥에는 황금색 사자 머리가 도드라져 있었고, 찻집 '빅
토리아 티룸' 간판 글자도 금박이었다. 하긴 입구 간판의
글자도 금색이었다. 간판에는 이렇게 쓰여 있었다.
　"세이크스 피어^Sheikh's Pier"
　영국의 문호 '윌리엄 셰익스피어'와 비슷한 발음으로 말

장난을 했지만, 이 간판은 피어의 주인이 누구인지를 보여 줬다. 셰이크는 아랍 국가의 왕족, 족장, 이슬람 공동체의 지도자를 의미한다. 이 피어의 주인은 사우디아라비아 출신 부호, 셰이크 아비드 굴자르다.

이스트본 피어가 세워진 것은 1870년이다. 피어는 지난 150년 동안 크고 작은 일을 겪으면서 이 지역의 중요한 장소가 되었다. 이 지역 최대 영주였던 윌리엄 캐번디시William Cavendish 공작이 설립을 주도했다. (그래서 이스트본에는 그의 이름을 딴 장소가 많다. 우리 아이들이 다닌 중학교 이름도 캐번디시 스쿨이다.) 당시 피어에는 전망대, 극장, 바가 있었다. 제2차 세계 대전 때는 피어에도 기관총이 걸렸다. 데크에 기관총을 장착하고 독일군의 공습과 해안 상륙을 저지했다.

영국에는 역사적으로 중요한 건물이나 장소를 '등록문화재Listed Building'로 지정한다. 등록문화재가 되면 작은 것이라도 함부로 바꿀 수 없다. 개·보수하려면 반드시 시청 계획과에 사전 허락을 받아야 한다. 등록 등급은 중요한 순서대로 I급, II*급, II급으로 나누어지는데 이스트본 피어는 2009년에 등급이 II급에서 II*급으로 상향되면서 '특별히 중요한 건물'이 되었다. 당시 문화부 장관은 "이스트본 피어는 이 아름다운 해안 도시에 오랫동안 가장 중요한 자리에 있었습니다. 피어의 중요성을 인식하는 것이 이 빅토리아 시대의 걸작품에 새로운 활력을 불어넣는 데에 도움이 되기를 바랍니다."라고 말했다.

그런데 2014년 여름, 화재가 발생해 피어 중앙에 있는 가게들이 다 타 버렸다. 화재 뒤 당시 소유주는 보험금을 챙기고 서둘러 피어를 처분했다. 이를 굴자르 씨가 매수했다. 정확한 매매가는 공표되지 않았지만, 100만 파운드(약 16억 원)도 안 되는 헐값이었다는 소문이 있다(몇 해 전 시장에 나왔을 때의 매물 가격은 550만 파운드였다). 여러모로 지역 주민의 심기가 불편해졌다. 지역 사회와 동고동락했던 역사적 건물이 헐값에 팔리다니.

더욱이 새 주인은 당장 '이스트본 피어' 현판 대신 '세이크스 피어'라고 이름을 바꿔 달았고, 주 건물의 돔에도, 청동 사자에도 금색을 입혔다. 이렇게 변경하려면 시청에 사전 승인을 받아야 하는데, 제대로 된 허가 과정을 거치지 않았다. 지역 주민들은 화가 나서 시에 불법적 변경을 제재할 것을 요청했다.

나는 시가 어떤 결정을 내릴지 궁금했다. 허락 없이 바꾼 것 자체가 불법이므로 원상 복구를 명하게 될까? 문화 다양성의 가치를 존중하며 (다소 낯설지만) 황금색 지붕을 인정할까? 비슷한 일이 한국에서 일어난다면 어떤 결론이 날까?

2016년 가을, 시는 분쟁이 일어난 지 1년 만에 이렇게 결론을 냈다.

"앞으로 변경 사항은 반드시 시와 사전에 협의해야 합니다. 지금까지 칠한 황금색은 유지해도 좋지만, 더이상은 칠하지 마십시오. 피어의 이름은 '이스트본 피어'로 다시 바꾸십시오."

굴자르 씨는 기뻐했고, 일부 주민들은 실망했다. 나는 현명한 결정이라고 생각했다.

오랜만에 바닷가에 갔다. 겨울 문턱의 바닷가는 스산하기 이를 데 없다. 바닷가에 앉아 있으니 그나마 조금 남아 있던 활력마저 뺏길 것 같다. 어젯밤 내린 비로 기온도 뚝 떨어졌다. 피어 지붕은 여전히 황금색으로 빛났다. 처음에는 낯설었는데, 자꾸 보니 괜찮다. 흐릿한 태양에도 반짝거리는 게 회색 바닷가에 그나마 활기를 보태는 것 같다. 어쨌든 이 특이한 색깔 때문에 이스트본 피어는 브라이튼이나 헤이스팅스 같은 다른 바닷가 도시에 있는 피어와는 느낌이 다르다. 나름 흥미로운 이야기도 생겼다. 특별하다면 특별해졌다.

그런데 아쉬움도 있다. 이곳이 정말 도시 역사를 함께한 소중한 장소라면, 개인이 소유하는 게 맞는 걸까? 굴자르 씨는 이스트본 피어를 산 직후, 이 피어는 사업이 아니라 개인적인 자부심이라고 했다. 영국에 이민자로 와서 피어까지 소유하게 된 스스로가 자랑스러웠던 것 같다. 그는 2018년에 헤이스팅스의 피어도 샀다. 신문 기사를 보니 피어가 매매가 50만 파운드(약 8억 원)로 시장에 나왔을 때, 헤이스팅스 주민들은 이곳이 영리 목적의 회사나 개인에게 넘어가지 않도록 가열한 모금 운동을 벌여 지키려고 했단다. 십시일반으로 43만 파운드나 모았는데 결국 7만 파운드가 모자라서 살 수가 없었다고 한다.

한국이라면 어떻게 했을까? 아무래도 한국에서는 지역

주민들이 지키려고 하는 마을 유산을 시장에 내놓고 누구든 돈으로 살 수 있게 하지는 않을 것 같다. 그렇지 않을까? 그러면 안 되는 것 아닌가?

김치

통에 가득 담긴 마음

"교장 선생님 김치 좀 드실래요? 제가 많이 얻어 왔는데 필요하시면 조금 드릴게요."

최 선생이 문자를 보냈다.

"네. 그럼 학교 가기 전에 댁에 들를게요. 김치통을 가져갈까요?"

가져오라고 했다. 어떤 크기의 용기를 가져가는 게 적당할까? 받을 양보다 통이 너무 크면 내 욕심이 들킨 것 같아서 민망할 거고 (주는 사람도 당황할 거고), 너무 작으면 아쉬움이 남을 거다. 선반 위에 올려놓은 플라스틱 김치통 두 개 중에 뭘 가져갈까 망설이다가 중간 크기 통을 큰 통 안에 포개 넣었다. 공짜로 얻으면서 큼직한 통을 두 개나 들고 온 것이 부끄러워지는 상황이 생기면 "아, 이 안에 통이 하나 더 있었군요…." 하며 짐짓 시치미를 뗄 작정이었다.

중간 크기 통만 해도 반절 배추 여섯 포기는 너끈 담을 수 있는 크기이니 그만해도 우리 식구 먹기는 충분하고도 남는데, 이렇게 욕심을 부린 것은 다른 선생님들에게도 나눠 주고 싶어서였다. 얼마나 받을지도 모르면서 벌써 선심 쓸 마음만 앞섰다. 타향살이에서 귀한 게 김치다. 교사 단체 대화방에 메시지를 남겼다.

"최 선생님이 김치를 준다고 합니다. 필요하신 분들은 통을 가져오세요."

나처럼 통을 앞에 두고 고민한 선생님도 있었을까?

최 선생은 학교를 세운 주역 중 한 사람이다. 그가 나를 교장으로 초빙했으니, 내 고용주인 셈이었다. 같이 일하며 합을 맞춰 보니 그가 잘하는 것이 있고 내가 잘하는 것이 있었다. 각자 잘하는 것으로 자기 몫을 기여했다. 좋은 학교를 만들려는 방향과 뜻이 같다고 여겼기에 부딪힐 일이 많지 않고, 의견 차이가 있더라도 조율하면 되었다. 이

견이라고 하지만 크게 보면 중요하지 않은 것들이다. 학교에서는 아이들이 잘 배울 수 있는 환경을 만들고 정성으로 가르치는 일 말고는 다 사소하다.

최 선생의 세 아들 모두 우리 학교에 다녔는데, 학교를 찾은 그가 아들이랑 노는 모습을 물끄러미 보고 있으면, 그가 좋은 아버지라는 것을 알 수 있었다. 그래서 학교도 세웠을 것이다.

아무튼 그는 손이 큰 양반이니 김치도 많이 줄 거라 기대했다.

과연 그랬다. 최 선생이 미리 봉지에 담아 둔 것만 넣었는데도 가져온 김치통 두 개가 꽉 찼다. (두 통 가져오길 정말 잘했다!) 하나는 묵은지고, 하나는 새로 담근 김치라고 했다. 묵은지는 그냥 먹기에는 너무 익었으니 김치찌개를 끓여 먹으라는 말을 세 번쯤 했다. 걱정하지 마시라. 묵은지라는 말에 벌써 계획이 섰다. 김치찌개, 김치찜, 김치만두, 김치전, 김치볶음밥, 두부김치… 상상하다가 침을 떨어뜨리지나 않을까 입을 꼭 다물었다.

그런데 수업 끝나고 보니 부재중 전화가 여러 번 와 있었다. 최 선생이었다. 급한 일인가 싶어 전화를 거니, 실수로 두 통 다 묵은지를 줬다며, 하굣길에 다시 들르면 새 김치를 주겠다고 했다. 새 김치가 진짜 맛있는데 이걸 안 드렸다고 이미 부인에게 핀잔을 들었나 보다. 골목길 운전이 서툴기도 하거니와 겨울 해가 짧아서 벌써 어두웠다. 괜찮다고, 그냥 알아서 잘 나눠 먹겠다고 했더니 너무 신김치를 줘서 욕이나 먹지 않을까 염려된다고 했다.

수업이 끝나면 선생님들이 모여서 컵라면이나 김밥 같은 것을 먹곤 했다. 자원 교사 효순 선생님은 늘 우리 모두 먹을 수 있는 끼니를 집에서 만들어 왔다. 무료 봉사도 감사한데 매주 10인분이 넘는 김밥이나 샌드위치를 가져오시니, 이분은 이렇게 남을 먹인 공덕으로 하늘의 복을 받으실 거다. 컵라면이 익는 동안 묵은지를 풀었다. 곰삭은 냄새가 순식간에 우리 학교가 빌려 쓰는 영국 교회의 큰 홀을 가득 메웠다. (내일이 일요일인데 그때까지 냄새가 빠지지 않으면 어떻게 하나 잠깐 걱정이 스쳤다.)
"진짜 맛있어요!"
여기저기서 탄성이 터졌다. 결국 통을 가져오지 않은

선생님들도 한두 포기씩 비닐봉지에 꽁꽁 쌌다. 기차로 집에 가야 하는 교사들은, 차 안에서 한두 시간 풍기게 될 냄새와 혼자 먹는 소박한 밥상 위에 올라올 고향의 맛 사이에서 갈등했을 거다.

"그래도 사람들이 마스크를 써서 다행이에요."

현정 선생님은 이렇게 말하면서 비닐을 한 겹 더 쌌다. 큰 통이 금세 비었다.

작은 통은 우리 동네에서 풀었다. 한인 엄마들이 모인 단체 대화방에 메시지를 올렸다.

"제가 받은 묵은지가 있어요. 김치찌개를 끓일 테니 일요일 점심 드시러 오셔요. 통을 가지고 오시면 나눠 드릴게요."

모자를 만드는 선과 한국어를 가르치는 정이가 왔다. 정이는 한 조각을 맛본 뒤 가지고 온 통이 너무 작은 것을 내심 아쉬워했다. 선도 아쉬운 눈치였다. 이제 나도 남은 게 별로 없어서 슬슬 아끼고 싶었지만, 그 안타까움이 느껴져서 집에 있던 플라스틱 배달 용기에 하나씩 더 담아 줬다. 엄마들은 김치찌개 하나에 밥을 두 공기씩 먹고, 김치통을 담은 비닐봉지를 들고 행복한 얼굴로 돌아갔다.

김치

고맙다는 인사를 열 번쯤 들었다. 내가 만든 것도 아닌데 이래도 되나 싶었다.

김치는 결국 아홉 집으로 나누어졌다. 최 선생에게 고맙다고 말하고 만드신 분께도 인사 전해 달라고 했다. 배추를 절이고 양념을 만들고 속을 채우고 김장 비닐 속에 꼭꼭 눌러 담은 그 손의 주인, 거기가 시작이다. 궁금해서 물었다.

"근데, 북한 김치하고 남한 김치가 맛이 좀 다른가요? 저한테 주신 이 김치는 어디 김치인가요?"

이 묵은지의 출신을 묻는 질문이었다. 최 선생이 주었으니 북한 김치일지도 모른다고 생각했다.

"김치도 북한, 남한… 크크. 모르겠어요. 저는 다 같은 것 같은데…."

"그렇죠? 저도 그렇게 생각합니다만…. 호호. 자꾸 다른 점을 찾으려는 사람들이 있어서요."

어리석은 질문을 한 것이 머쓱해서 괜히 딴 사람 핑계를 대고 얼버무렸다. 여전히 조금은 궁금했지만, 이 김치를 만든 사람이 북한 사람인지 남한 사람인지 재차 묻지는 않았다. 그저 이 음식을 먹고 있는 이 인연에 감사하기로 했다.

내가 챙긴 네 포기는 김치전과 김치볶음밥과 두부김치와 김치찌개로 거듭났다. 집에 오자마자 부친 김치전은 린아와 타이의 부지런한 젓가락질로 순식간에 없어졌다.

오랜만에 한국에 있는 은이 아주머니께 전화를 드렸다. 내가 일한다고 밖에 있을 때, 어린 우리 아이들을 돌봐 주신 고마운 분이다. 늘 맛깔스러운 김장 김치를 한 통 가득 가져다주셨다.

"올해 김장은 하셨어요?"

"이제 해야죠. 늘 12월에 하잖아요."

내게 김치는 나눔이고 위로고 그리움이고, 고마움이다.

단체 대화방

휴대 전화 속 이웃

성탄절 아침에 전기가 나갔다. 런던의 시가에 가려고 새벽같이 일어났는데 보일러, 냉장고, 와이파이가 다 끊겨 있었다. 전기가 끊기면 어떤 재앙이 닥치는지는 정전이 되어 봐야 안다. 기계들이 다 무용했다. 전자레인지도 전기 주전자도 쓸 수 없으니 따뜻한 물 한 잔 마실 수가 없었다. 예전에도 이런 적이 있었는데, 그때는 사람을 불렀다. 그런데 성탄절 아침에 누구를 부를 수도 없는 노릇이다. 아이들을 깨워 며칠 치 짐을 챙기라고 했다. 여차하면 며칠 동안 시가에 묵어야 할지도 모른다. 냉장고 안에 있는 음식 걱정은 일단 잊기로 했다. 그래도 혹시 몰라서 우리 동네 단체 대화방에 메시지를 올렸다. 자초

지종을 설명하고 물었다.

"이럴 때는 어떻게 해야 하나요?"

동네 사람들이 모여 있는 왓츠앱WhatsApp 단체 대화방
이 있다. 2020년 봄에 만들어졌다. 팬데믹으로 강력한 이
동 제한령이 내려지자, 우리 옆집의 젊은 엄마 리즈가 대
화방을 만들자고 제안했다. 그는 독거노인이나 도움이 필
요한 이웃이 있을 수 있으니 함께 찾아보고 돕자는 편지
를 써서 집집마다 문틈으로 배달했다. 그렇게 시작된 대
화방에 한두 사람씩 모여서 우리 골목 사람 거의 모두가
들어오게 되었다. 덕분에 거동이 불편한 이웃과 이들을
도와 장을 봐 주고 안부를 챙기는 이웃이 짝꿍으로 연결
되었다. 이런 관계를 '서포트 버블Support Bubble'이라고 부
른다. 물방울이나 비눗방울 안에 같이 들어가 있는 것처
럼, 한데 묶여서 도움을 주는 것이다. 강력한 이동 제한
조치 아래에서는 가구원 이외의 타인을 만나는 것이 엄격
히 금지되는데, 서포트 버블인 경우에는 만나는 게 허용
되었다. 가족, 친척, 친구, 이웃 들로 이루어진 서포트 버
블이 곳곳에 만들어졌다.

잠시 후 새벽잠 없는 이웃이 답장을 주었다.

"두꺼비집을 열고 퓨즈 스위치를 껐다가 다시 켜 보세요. 우리는 그렇게 해요."

"감사합니다. 해 볼게요."

말은 그렇게 했지만, 겁이 많은 나나 남편이나 두꺼비집에는 손도 대지 못했다. 기계치들은 뭘 만지기 전에 극단적인 상상부터 한다. 잘못 건드려서 배전반이 폭파되거나 온몸이 감전되는 비현실적인 상상 말이다.

경이 생각났다. 경의 남편이 전기 기술자다. 우리가 사는 이스트본에는 한국 사람이 열 명쯤 되는데 그중 한 명이다. 이곳의 한인 커뮤니티는 가깝지도 멀지도 않다. 한인이니까 마땅히 친하게 지내야 한다고 생각하는 사람이 없다. 인간관계에서 편한 거리를 서로 안다. 그래서 좋다. 우리는 1년에 한 번쯤 모여 회포를 푼다. 한국말이 고플 때가 있다. 별말 아니어도 위로받고 굳이 설명하지 않아도 맞장구를 치고 웃으려면 한국말이어야 한다. 경은 그런 자리에서 서너 번 만난 적이 있다. 1년에 한 번 연락하는 사이인데 성탄절 아침 일찍 메시지를 보내도 될까, 3초쯤 망설이다가 두꺼비집 사진과 메시지를 전송했다.

10분도 안 되어 전화가 왔다.

"언니, 메시지를 지금 봤어요. 미안해요. 거기 초록색 부분에 스위치 보이시죠? 그걸 하나씩 내려 보세요. 그리고 가운데 있는 까만 스위치를…."

찬찬히 설명해 주는 대로 따라 하니 위잉 하며 냉장고 모터가 돌아가는 소리가 들렸다. 모든 기계에 생명이 돌아왔다. 성탄의 기쁨도 돌아왔다.

가벼운 마음으로 시가로 향했다. 차 안에서 밀린 메시지를 확인했더니 그새 대화방에 글이 여러 개 올라와 있었다.

"정전이라니 안타깝네요. 성탄절인데 타이밍이 아주 나쁘군요. 우리가 그 댁을 위해서 요크셔푸딩과 따뜻한 채소를 준비했으니 언제 가져다주면 좋을지 알려 줘요."

"성탄절을 그렇게 보낼 수는 없죠. 우리가 음식을 해 줄 수 있으니까 말만 해요."

잘 해결되었다는 말을 안 했더니 이웃 사람들은 성탄절 날 따뜻한 물 한 잔 마시지 못하고 추위에 떨고 있는 우리 가족을 불쌍히 여기고 뭐라도 해 주고 싶어 했다. 고맙다고, 이제 전기 들어왔다고 답신을 보냈다. 괜히 들떠서 평소라면 하지 않을 말을 보탰다.

"사실 전 작가예요. 한국 잡지에 글을 쓰죠. 최근에 우리 골목 공동체에 대해서 썼어요. 링크를 보내 줄게요. 여러분이 읽을 수 있다면 좋을 텐데…."

그들이 못 읽는다는 것을 안다. 그래도 그 글에는 성탄절을 맞아 우리 골목 사람들이 십시일반 모아서 푸드 뱅크Food Bank에 보낸 식료품과 크리스마스트리 사진이 실려 있으니, 그걸 보고 뿌듯해할 수는 있을 터였다.

10분쯤 지났을까? 내가 보낸 링크를 누군가 다시 보내면서 이런 글을 썼다.

"내가 구글로 번역해 봤어요. 한번 읽어 보세요. 멋진 글이에요."

웹 페이지의 다른 것은 다 똑같은데 한글만 영문으로 바뀌어 있었다. 나는 이미지를 보낸 셈인데, 텍스트가 되어 돌아왔다. 인공지능 번역 실력은 생각보다 괜찮았다. 60퍼센트 정도 정확한 것 같은데, 그 정도만 되어도 기계 번역임을 감안하고 보면 내용을 파악할 만했다. 사람들이 소감을 보냈다.

"우리 커뮤니티의 분위기가 그대로 전해지는걸요."

"우리 골목을 완벽하게 포착했네요."

구글 번역기로 이런 소통이 가능한 이 시대가 놀랍고 신기하고, 조금 어지러웠다.

사람들이 돌려 보았던 글의 마지막에 나는 이렇게 썼다.

나는 대화방의 적극적 참여자는 아니다. 참여 관찰 연구자처럼 그저 사람들이 어떻게 소통하는지, 무슨 일을 어떤 방식으로 도모하는지, 그 경험을 어떻게 재현하고 회상하면서 공동체가 만들어지는지를 구경한다. 그런 내게도 이 골목 공동체가 주는 직접적인 혜택이 있으니, 그것은 '안전함'이다. 나는 우리 가족에게 무슨 일이 닥치거나 도움이 필요한 상황이 되면 연락할 곳이 있다는 것을 안다. 대화방에 긴급 지원을 요청하면 누구라도 달려올 것이다. 이웃은 가장 빨리 올 수 있는 사람이다. 그건 안도고 위안이다. 아마 대화방에 있는 63명도 다 마찬가지일 거다. 그래서 '눈팅'만 할지언정 방에서 나가지 않는다.

—이향규, 「코로나19와 골목 공동체」,
『창비주간논평』, 2020. 12. 23.

단체 대화방

도움이 필요한 상황에 누군가 달려올 것이라는 짐작을 이렇게 빨리 사실로 확인할 줄은 몰랐다. 성탄절 날 하루 종일 전기가 들어오지 않았더라도 우리는 추운 집에서 찬밥을 먹지 않았을 것이다. 누군가는 따뜻한 음식을 가지고 왔음에 틀림없다. 이웃 중 어떤 이가 곤란을 겪으면 나라도 그렇게 했을 것이다. 이웃과 가까이 지낸다는 건 큰 이점이다. 누구보다 쉽게 도와주고, 도움받을 수 있다. 단지 문밖에 나가기만 하면 된다.

　우리 동네 사람들이 팬데믹 때 개설한 대화방은 지금도 활발히 쓰인다. 안 쓰는 물건을 서로 나누고(가까우니 가구를 옮겨도 그냥 들어서 나르면 된다), 정보를 물어보고(우리 집도 전기 기사, 배관공을 여기에서 추천받았다), 가끔씩 기부 활동을 한다(계절마다 푸드 뱅크에 식료품을 보내고, 얼마 전에는 우크라이나 난민에게 보낼 옷가지를 모았다). 이런 이야기를 한국에 있는 친구들에게 전하니 놀랍다고 하면서도 이렇게 물었다.

　"그런데 그건 그 동네가 중산층이 사는 곳이어서 그런 것은 아니야?"

한참을 생각하다가 답했다.

"그런 것 같지는 않아. 그것보다는, 우리 골목에 처음
이 일을 시작한 누군가가 있었기 때문인 것 같아."

우리 골목에는 리즈가 있었다.

우리 골목의 단체 대화방 소개 글은 이렇게 적혀 있다.

"이 불확실한 시기에 서로를 살펴보는 커뮤니티 그룹."

다른 말로 '이웃'이다.

3

길 건너의 얼굴

생크추어리

상처 입은 존재들의 거처

이런 길은 맞은편에서 차가 오면 큰일이다. 차 한 대가 겨우 빠지는 숲길에서 후진은 내게 무리고, 공간이 있다고 섣불리 비켜 주다간 진창에 빠지기 십상이다. 그래서 갈 때마다 차를 마주치지 않게 해 달라고 기도한다. (나는 세계 평화가 아니라 이런 기도를 할 때 진심을 다한다.)

시골길 도랑에 빠진 적이 있다. 좁은 비포장도로에서 빠르게 다가오는 차를 피하려고 운전대를 오른쪽으로 꺾었는데 땅이 꺼지면서 차가 기울었다. 마주 오던 검은색 중형 세단은 트인 길로 그냥 지나가 버렸고, 나의 흰색 엑

센트는 바퀴가 헛돌면서 나오지 못했다. 벌써 20년도 더된 일이라 까맣게 잊고 있었는데, 지금은 불안과 함께 그일이 자꾸 떠오른다. 이런 길을 운전하는 것, 아이가 부탁한 일이 아니라면 안 했다.

린아는 동물권에 관심을 가지면서 비건이 되었다. 육류, 어류, 달걀, 유제품을 먹지 않는 건 물론이고, 화장품이나 샴푸 같은 생활용품도 동물 실험한 것은 쓰지 않는다. 주변 사람들을 교육해서 이제 가까운 사람은 다 비건이다. 동물 보호소(영국에서는 '애니멀 생크추어리Animal Sanctuary'라고 한다. 생크추어리는 피난처, 안식처, 성소라는 뜻이 있다. 잠시 머물기보다는 이곳이 삶의 마지막 거처가 되는 동물이 더 많다. 동물 보호소라는 말이 그 느낌을 다 담는지 모르겠다)에서 자원봉사하는 것도 린아가하고 싶은 실천 중 하나였다. 별생각 없이 그러라고 했다. 그때만 해도 그곳이 버스를 타고 혼자 갈 수 있는 장소인줄 알았다. 금요일 아침마다 내가 린아와 타이를 태우고그 숲길을 가게 된 경위 설명이 길어졌다.

우린 네 시간 동안 일을 한다. 린아와 타이는 고양이 서른 마리의 집을 돌본다. 배변 통을 치우고, 바닥을 닦고 (설사하는 아이들이 많아서 바닥에 흘린 걸쭉한 똥을 치우고 걸레로 닦아야 한다), 젖은 음식을 비우고, 마실 물을 갈아 준다. 시간이 남으면 말과 양, 염소 우리에서 똥오줌에 젖은 풀을 거둬 내고 마른 건초를 넣어 주는 일도 한다. 그러는 동안 나는 빨래를 하고 부엌과 화장실 청소를 하고 사람들과 이야기를 나눈다.

부엌에서 밥그릇을 닦고 있으면 고양이들이 와서 다리에 감긴다. 의자에 앉으면 슬그머니 와서 내 무릎에 앉는 녀석도 있다. 나는 고양이들이 원하는 게 뭔지 알지만, 좀처럼 목덜미를 쓰다듬어 주지 않는다. 형편없이 마른 목과 등뼈를 만지는 것이 힘들다. 내가 뭘 부러뜨릴 것 같아서 조심스럽기도 하거니와, 그 처량함을 감촉하는 것이 싫다. 만져 주는 것이 뭐 대단한 일이라고 나는 이리 인색하다.

이곳에는 늙고 병든 존재가 많다. 늘 부엌 싱크대 위에 앉아 있는 검은 고양이 '바기'는 턱과 목에 걸쳐 종양이 있다. 그 때문에 유달리 턱이 길고 커 보인다(그 모습이 소설 『정글 북』에 나오는 검은 표범 '바기라'와 닮아서 그렇게 이름 지었단다). 마당을 돌아다니는 고양이 '시저'는 꼬리가 없다. 차에 치여 잘렸다. 고양이 면역 결핍 바이러스FIV에 걸린 아이들도 많아서 십여 마리가 아예 따로 산다. 아파서 버려진 것인지, 버려져서 아프게 된 것인지는 잘 모르겠다. 고양이만 그런 것이 아니다. 뇌전증이 있는 말도 있고, 눈이 안 보이는 개도 있다. 모르긴 해도 이곳에 있는 2백여 마리의 고양이, 개, 토끼, 돼지, 염소, 양, 멧돼지, 말, 거위, 닭, 비둘기 식구 중 건강한 동물은 절반도 안 될 거다.

미피는 금요일에 오는 자원봉사자다. 열여덟 살, 린아 또래다. 첫눈에 그가 아프다는 것을 알았다. 자폐증이라고 했다. 미피는 얘기하는 것을 좋아했다. 내게 고양이들 이름과 특징을 알려 준 것도 미피. 어느 날 부엌 바닥을 대걸레로 닦다가, 잠깐 비켜 달라고 어깨를 손바닥으로 감쌌다. 내 딴에는 친근함의 표시였다.

"만지지 마요!"

그는 몸을 부들부들 떨면서 말했다.

"나는 만지는 게 싫어요!"

여러 번 미안하다고 말하면서도 계속 미안했다. 나는

무지하고 무례했다.

부엌에는 털이 빠지고, 눈이 흐리고, 늙고 쇠약한 고양이들이 어슬렁거리거나 칸막이 선반에 놓인 자기 담요 위에서 잠을 잤다. 꼭 미피에게 한 말은 아니었다. 혼잣말에 가까웠다.

"여긴 아픈 고양이들이 많구나…."

"아픈 고양이는 입양이 안 돼요. 사람들은 병이 있는 존재와 함께 살고 싶어 하지 않아요. 그냥 눈에 보이지 않는 곳에 데려다 놓고 잊어버리고 싶어 하죠."

미피가 몸을 좌우로 흔들면서 말했다. 말소리에 마음이 담겨 있었다. 고백하자면, 나도 못 할 것 같다. 일주일에 한 번 와서 청소(하고, 좋은 일 했다는 생각에 마음 뿌듯)할 수는 있지만, 곁에서 늘 지켜보면서 그 여읜 뼈를 만져 주고, 곪은 상처에 약을 발라 주고, 비루한 털과 흐린 눈을 있는 그대로 받아들이기란 쉽지 않을 것을 내가 안다. 미피는 이 보호소에서 '밀란'이라는 고양이를 입양해서 키운다고 했다. 아픈 사람이 아픈 동물을 돌본다.

동물 식구들이 이곳에 살게 된 사연은 각자 다르고 다

들 비슷하다. 고양이나 개 같은 반려동물들은 주인이 죽거나 이사하면서 여기 보내진 경우가 있고, 버려지거나 버려진 채로 태어나서 떠돌아다니는 것을 구조해 온 경우도 있다. 이 보호소에는 루마니아에서 구조된 고양이가 몇 마리 있다. 우리 옆집 고양이도 루마니아에서 구조되었다고 하기에 대체 그 나라에서는 고양이에게 무슨 일이 일어나길래 이렇게 난민이 많을까, 의아했다. 알고 보니 루마니아에는 유기묘를 구조해 안전한 곳으로 보내는 자선 단체들이 열심히 활동하기 때문이라고 한다. 고양이들은 이러저러한 슬픈 연유로 여기에 왔다. 개들도 크게 다르지 않을 거다.

닭들은 애니메이션 영화 「치킨 런」Chicken Run, 2000의 주인공들처럼 농장을 '탈출'하거나 운송 중에 뛰쳐나온 녀석도 있고, 수탉 중에는 어릴 때 구출된 녀석들도 있다. 산란 농장에서는 알을 낳지 못하는 수탉은 쓸모가 없어서 병아리 때 감별해서 '처분'해 버린다. 그런 수평아리를 동물 구조 단체가 농장에서 사 와서 이런 보호소에 보낸다(보호소에 유달리 수탉들이 많은 이유다). 일찍 도살되는 수탉이나 평생 쉼 없이 알을 낳다가 도살되는 암탉이나

다 서글픈 삶이다.

의인법은 내가 인간이 아닌 존재를 이해하는 방식이다. 이들이 인간처럼 생각하고 느낀다면, 아니 지구를 지배하는 다른 생명체에게 인간이 이렇게 사육된다면… 상상하다가 멈췄다. 이 세상에서 인간인 게 다행이고, 인간이라 미안했다.

기도가 통했는지 오늘도 마주 오는 차와 만나지 않았다. 대신 같은 방향으로 가는 말을 만났다. 타박타박 걷는 말 뒤를 천천히 따르는데, 린아가 물었다.

"저렇게 사람을 태우는 걸 말도 좋아할까?"

승마를 하는 사람들은 그렇다고들 말한다. 글쎄… 보호소에 있는 말들이 인간의 말을 한다면, 그들이 무슨 대답을 할지가 궁금했다.

하인즈 토마토 크림수프
나를 알게 해 주는 친구

　　　　　애린의 친구 벤이 우리 집에 와 있었다. 원래
3주 동안 있기로 했는데, 결국 50일을 묵었다. 애린이 자
기 생일에 벤이 같이 있기를 바라는데 그래도 되느냐고,
자기는 그러면 좋겠다고 했다. 그러라고 했다. 이 예의 바
르고 착한 청년이 우리와 같이 지내는 것을 마다할 이유
가 없었다. 지난 금요일이 애린의 생일이었다. 벤은 애린
에게 비건 초콜릿 케이크를 만들어 주었다. 그리고 오늘
아침, 고향 스코틀랜드로 돌아갔다.

　그동안 벤이 덮었던 이부자리를 빨려고 이불을 걷으니,
빨간 후드티가 보였다. 입고 왔던 오래된 옷이다. 공항에

마중 나갔을 때 소매와 허리춤이 짧은 것이 눈에 들어왔었다. 짐을 챙기다가 빠뜨린 모양이다.

첫날 물었다.

"여기 있는 동안 뭘 하고 싶니?"

"옷을 좀 사고 싶어요. 제가 가지고 있는 옷은 작거나 구멍이 났어요."

둘은 며칠 동안 쇼핑을 했다. 애린이 골라 준 옷은 할랑하고 멋스러웠다. 벤은 빨간색을 좋아한다고 했는데, 새로 산 옷을 입으니 파란색도 베이지색도 검은색도 다 잘 어울렸다. 훤칠했다. 옷이 날개다.

두 사람은 2018년, 그러니까 둘 다 열여섯 살이었을 때 어느 대학에서 진행한 미술 캠프에서 만났다. 벤은 그때 장애가 있는 청소년이 다양한 경험을 할 수 있도록 지원해 주는 자선 단체의 도움으로 그곳에 왔다. 둘이 같이 있는 게 편안했나 보다. 둘은 그 뒤로도 계속 연락했고, 이듬해 여름방학에는 캠프에서 만난 이탈리아 친구 집으로 같이 여행도 다녀왔다.

자폐증과 뇌전증이 있는 벤은 조심해야 할 것이 많다. 너무 많은 자극에 노출되면 괴롭고 아프다. 기절하기도 한다. 그래서 인파가 붐비는 곳, 번쩍거리는 불빛, 심한 냄새나 소음은 피해야 한다. 이탈리아에서도 길에서 의식을 잃었다. 다행히 경찰이 와서 병원으로 옮겨졌다.

그러면 안 되는데, 나는 자꾸 벤을 안쓰러운 눈으로 보게 된다. 벤이 내 아들이라면, 나는 혼자 여행을 보낼 수 있을까? 그래서 물었다.

"길에서 쓰러지면… 위험할 수도 있는데, 그럼 어떻게 해야 해?"

"별로 할 수 있는 게 없어요. 쓰러질 때 머리가 부딪치지 않게 조심하는 것 정도? 일단 그런 상황이 닥치지 않게 주위를 잘 살피고 제 컨디션을 빨리 알아채는 게 중요하죠. 약을 잘 먹는 것도 중요하고요. 약은 세 가지를 먹어요. 하나는 혈압을 조절하는 약인데, 이게 조절되지 않으면 실명할 수도 있대요."

"도와주는 사람은 있니?"

"아니요, 제가 해요. 늘 제가 해 왔어요."

"우리 집에 있는 동안 주로 아시안 비건 음식을 먹을 텐데, 그건 괜찮을까?"

"네, 그렇게 예상하고 왔어요."

하인즈 토마토 크림수프

우리 집은 기본적으로 잘 먹는다. 일단 식탁에 올려놓는 음식이 많다(한식 상차림이 대개 그렇듯이 기본 반찬 두세 개만 올려놓는데도 여기 기준으로는 벌써 진수성찬이다). 벤은 아시아 음식을 먹어 본 적이 없었고, 이렇게 여러 음식을 한꺼번에 먹는 것도 처음 봤다고 했다. 낯선 음식이었을 텐데 맛있게 먹었다. 우리 식 쌀밥을 좋아했다.

그래도 계속 낯선 음식을 먹다 보면 익숙한 음식이 그리운 법이다. 그에게도 '위로 음식'이 있을 터다. 먹고 싶은 음식이 있냐고 물으니, 하인즈 토마토 크림수프라고 했다. 당장 슈퍼마켓에 갔다. 하나에 1파운드짜리 통조림이었다. 귀한 청년에게 이것만 줘도 될까 싶었다. 전화로 재차 확인했다. 맞단다.

"컨디션이 안 좋으면 배가 아파요. 그때는 아무것도 안 먹는 게 제일 좋고, 음식을 먹는다면 그냥 이 캔 수프를 먹어요. 다른 것을 먹으면 탈이 나요."

통조림을 사면서 수프에다가 각종 채소를 넣어 영양가를 높여야겠다고 생각했는데, 안 그러길 다행이다. 잘못했으면 오 헨리의 단편 소설 「마녀의 빵」에 나오는 빵집 주인처럼 내 딴에 상대를 위한다고 지레짐작하고 쓸데없는 일을 해서 벤을 곤란하게 할 뻔했다.

애린의 생일날 저녁을 먹고, 둘이 산책하러 나가겠다고 했다. 우리 집에서 멀지 않은 '세븐 시스터즈'는 들판을 걷다가 강을 지나 결국 바다에 이르는 아름다운 곳이다. 이미 8시가 넘었다. 너무 어두워질까 봐 걱정되어 운전사를 자처하고 따라나섰다. 사람 없는 들판은 고요하고 평화로웠다. 높이 달이 떠 있었다.

애린은 벤의 시공간을 잘 이해한다. 벤이 편안한 시간이 언제인지, 어떤 공간에서 자유로운지, 언제 아픈지, 아플 때는 어떻게 도와줘야 하는지, 그의 경계는 어디에 있는지, 살면서 어떤 고통을 겪었는지, 그 일로 얼마나 상처받았는지, 많은 것을 알고 있는 것 같았다. 그만큼 이야기하면서 보낸 시간이 많았겠다.

떠나는 날이라 아침을 잘 챙겨 먹이고 싶었는데, 벤은 차 한 잔만 마시겠다고 했다.

"여행 전에 뭘 먹으면 꼭 배탈이 나요. 아무것도 먹지 않는 게 제일 좋아요."

하인즈 토마토 크림수프

"너는 네 몸에 대해 아주 잘 알고 있는 것 같구나."

"네, 안 그러면 견디기 어렵거든요. 다행히 지난 3년 동안 저 자신에 대해 더 많은 것을 알게 된 것 같아요."

"혹시 애린이 도움이 되었니?"

"그럼요. 애린에게 제 상태를 설명하면서, 스스로 명료해진 것들이 많아요."

"애린을 만나기 전에도 이런 얘기를 같이 한 친구들이 있었니?"

"제 친구들은 다 자폐증이 있어요. 비슷한 경험을 말하면서 공감하는 것은 좋은데, 그건 마치 사방이 막혀 메아리가 울리는 방Echo Chamber에서 얘기하는 것과 비슷해요. 그냥 우리끼리 얘기죠. 그런데 우리와 다른 사람이 잘 들어 주니까, 말하면서 오히려 자신을 더 잘 알게 돼요. 애린과 저는 서로에게 가르쳐 줘요. 저는 애린에게 에이블리즘Ableism(비장애인을 기준으로 장애인을 차별하는 개인적·제도적·사회구조적 행위)에 대해 알려 주었어요. '정상인'이 만들어 놓은 세상이 우리에게 얼마나 불편하고 위험한지를요. 애린은 저에게 인종주의Racism(인종 사이에 우열이 있다고 믿고 차별하는 개인적·제도적·사회

구조적 행위)를 가르쳐 줬어요. 백인 남성인 저는 그동안 아시아계 여성이 경험하는 차별에 대해 생각해 본 적이 없었어요. 덕분에 알게 되었죠."

벤은 앞으로 하고 싶은 일을 말해 줬다.

"집에 돌아가면, 제 친구 데이와 함께 자폐 이야기를 하는 팟캐스트를 하려고 해요. 데이도 자폐가 있어요. 둘 다 자기 상태를 이해할 때까지 시행착오를 많이 겪었어요. 선생님이나 부모님도 잘 몰랐어요. 자폐는 증상이 워낙 다양한데, 사람들은 자기가 이해한 자폐증이 전부인 것처럼 이야기하곤 했어요. 자폐가 있는 사람들이 직접 자기 이야기를 해 주면 좋을 텐데 그런 경우가 거의 없어서 답답했어요. 그래서 우리가 우리 이야기를 해 보려고요. 이름도 정했어요. '가면을 벗은 자폐증'이에요."

나는 이 프로젝트에 약간의 돈을 기부했다. 가면을 벗고 자기 표정을 알리려 하는 두 젊은이를 응원하고 싶었다.

벤이 자기 생일 무렵에 우리 집에 다시 와도 되느냐고 물었다. 물론이다. 한 달 뒤에 벤은 다시 이곳에 온다. 생일 선물도 사 두었다. 1인용 전기밥솥. 그래, 어디서 살든 밥 굶지 마라. 그리고 행복해라.

하인즈 토마토 크림수프

시계

돌봄의 가치

영국에서는 매년 3월 마지막 주 일요일에 '서머 타임 Summer Time (일광 절약 시간)'이 시작된다. 어제 시간으로 7시에 일어났는데, 오늘 눈을 뜨니 핸드폰 시계는 8시를 가리켰다. 한 시간 손해 본 기분이었다. 방, 거실, 부엌, 화장실을 돌며 벽에 걸려 있는 시계를 떼어 분침을 오른쪽으로 한 바퀴 돌렸다. 화장실에 있는 시계는 며칠 전부터 멈춰 있던지라 새 건전지로 갈아 주었다. 초침이 다시 움직였다. 이런 작은 물건도 제 기능을 하려면 건전지를 넣고 시간을 맞춰 주는 누군가의 손길이 필요하다.

어릴 때 주택에 살았다. 집은 손이 많이 갔다. 아버지는 고장 난 곳을 잘 찾아내셨다. 전자 제품은 물론, 전기 배선이나 하수도 배관까지 웬만한 것은 다 손수 고치셨다. 아버지를 닮았으면 좋으련만, 아쉽게도 나는 허술한 나사를 조이는 것 말고는 할 줄 아는 게 별로 없다. 그래도 살면서 크게 불편하지 않았던 것이, 한국의 아파트에서는 그런 일이 있으면 관리 사무소에 연락만 하면 되었다. 그게 얼마나 편리한 것인지 그때는 잘 몰랐다.

우리 가족은 지금 빅토리아 시대에 지은 집에 산다. 연립 주택처럼 여러 채의 집이 옆으로 죽 이어져 있는 테라스 하우스다. 이런 형태의 주택은 19세기 후반 우리 지역에 철도가 건설되면서 노동자들이 살기 위한 집으로 만든 것이라고 한다. 벽돌 건물 외관은 옛날 모습 그대로지만, 내부는 긴 세월을 거치면서 조금씩 개조되어 지금 모습이 되었다. 전기 배선, 전화선, 중앙난방, 이중창, 인터넷 들이 처음부터 있었을 리 없다. 영국에는 이렇게 오래된 집이 많다. 다들 낡은 부분은 보수하고, 고장 난 것은 고쳐 가며 산다. 다 알아서 해야 한다.

한번은 보일러가 자꾸 꺼졌다. 샤워하다가 더운물이 끊겨서 샴푸를 제대로 씻어 내지도 못하고 나오는 경험을 식구마다 한 번씩은 했다. 보일러 고치는 사람을 부르면 며칠 뒤에 와서 버튼 몇 개를 눌러 살려 놓았다. 10만 원쯤 들었는데 얼마 후에 다시 꺼졌다. 그러면 또 사람을 불렀다. 결국에는 보일러를 통째로 갈았다. 천장에서 물이 샌 적도 있었다. 2층 화장실 하수관이 새서 아래층으로 물이 떨어졌다. 배관공을 찾아서 방문 날짜를 잡는 데만 사흘이 걸렸다. 비용도 만만치 않았다. 얼마 전에는 2층에 있는 애린의 방 유리창이 오래된 접철의 부식을 이기지 못하고 바닥으로 떨어졌다. 사람을 불러 견적을 받는 데 일주일이 걸렸고, 창문 제작에는 3주가 걸린다고 했다. 지금은 비닐봉지를 잘라서 뚫린 창문을 막고 산다.

이런 일이 있을 때마다 한국이 절실히 그립다. 한국에 살 때는 '사람을 부르는 것'이 너무 쉬웠다. 일단은 관리사무소에서 알아서 해 주었고, 전기 기사나 배관공, 보일러 기사, 인테리어 업체를 부르는 것도 어렵지 않았다. 서비스는 신속하고 저렴했다.

어떤 이는 기계를 고치는 것도 '돌봄'으로 보았다.

자본주의 사회에서 드러나지 않고 평가받지 못한 돌봄 노동 영여은 가사 노동이나 사람 돌봄 노동에 국한되지 않는다. 최근 들어서는 생산과 소비에 포함되지 않는 설비 및 시설의 유지·수리·정비 작업 등의 노동도 돌봄 노동으로서 주목해야 한다는 목소리에 힘이 실리고 있다.

— 백영경, 「탈성장 전환의 요구와 돌봄이라는 화두」,
황정아 외, 『코로나 팬데믹과 한국의 길』, 창비, 2021.

　　이 말이 맞는 것 같다. 사람도 사물도 돌봄이 필요하고 누군가 그 일을 한다. 우리 아파트를 돌봐 준 많은 사람이 있었을 텐데, 그때는 그게 너무 당연해서 그들이 누구인지도 몰랐다.

　　한국에서는 늘 바빴다. 돌아보면 그다지 중요한 일도 아니었는데, 왜 그리 매사에 단거리 달리기하듯 전력 질주를 했는지 모르겠다. 하나 마나 한 회의 자료를 준비하는 데도 최선을 다했다. 어느 날 새벽에 자료를 준비하러 일찍 일어났다가 기립성 저혈압으로 쓰러져서 벽 모서리에 머리를 부딪친 적이 있다. 정신이 들었을 때 머리에서는 피가 나고 있었는데, 컴퓨터를 켰다. 자료를 만들어 송부하고 응급실에 가서 머리를 꿰맸다. 어리석게도 그때는 귀신에 홀린 것처럼 일만 했다. 나 자신도 아이들도 제대로 돌보지 못했다. 다행히도 도우미 아주머니가 오셔서 우리를 돌봐 주셨다. 10년 동안 그분이 우리 모두를 살렸다. 평생 갚지 못할 큰 빚을 졌다.

이제는 내가 가족을 돌본다. 하루 종일 바쁘다. 세끼 밥을 챙기고, 설거지하고, 부엌을 정리하고, 집 청소를 하고, 빨래하고, 장을 보고, 남편 약을 챙기고, 고양이 밥을 준다. 고양이들이 애정을 갈구하는 눈을 하고 가는 길을 막고 누워 있으면 쓰다듬어 줘야 한다. (살아 있는 모든 것은 사랑받고 싶어 한다.) 마당에 있는 꽃과 나무에 물을 준다. 하루가 다르게 번지는 잡초가 눈에 들어오면 쪼그리고 앉아 풀을 뽑는다. 마음이 산란해지면 김치를 담근다. 배추를 절이고 양념을 버무리는 과정은 마음을 비우는 수행 같다. 통에 담아 냉장고에 넣으면 큰 업적을 이룬 것처럼 보람도 있다. 때때로 아이들이 뭘 해 달라고 부탁할 때도 있다. 어제는 애린이 뒷머리를 잘라 달라고 했다.

"싱숭생숭하게 잘라 주세요."

'똑단발'이 아니라 머리끝이 층지게 하라는 요청이다. 표현이 마음에 들었다. '싱숭생숭하게' 가위질해 주었다. 한 달에 한 번 남편 머리카락도 잘라 준다. 다음 주에는 남편을 데리고 런던의 큰 병원에 가야 한다. 하루 종일 걸릴 일이다.

몇 년 해 보니, 돌보는 일은 '전문직'인 것 같다. 많은 능력이 필요하다. 타인의 필요와 요구를 알아채는 뛰어난 감수성, 타인의 속도에 맞추는 인내심, 의식주처럼 삶의 재생산에 관련한 다양한 지식과 기술, 시대 변화를 학습하는 능력, 강건한 체력과 정신 건강이 요구된다. 아이들이 "이제 엄마는 주부 백단이 되었어."라고 말한다. 내 전문직 능력이 레벨 업 되고 있다는 칭찬으로 받아들였다.

직접 해 보기 전에는 이 일의 어려움을 잘 몰랐다. 나도 돌봄을 받고만 살았던 사람이었으니 알 리가 없다.

타인을 먹이고 씻기고 입히고, 기다리고 들어주고 살펴 주는 돌봄 노동은, '아무나' 할 수 없는 일이었다. 생명을 돌보는 일이 모두 그렇다. 그 일이 쉬워서 여성의 몫이 된 것이 아니라, 여성들이 해 왔기 때문에 쉬운 일로 치부되어 왔던 것뿐이다. 돌봄에서 면제된 사람들은 스스로 해보지 않았기 때문에 그게 얼마나 어려운 일인지 잘 알지 못한다. 일생 돌봄을 받고만 살아온 사람들이 알 리 없다. 그런데 노동의 가치를 평가하고 값을 매기는 이들이 바로 그들이다.

―채효정,「누가 이 세계를 돌보는가」,
미류 외,『마스크가 답하지 못한 질문들』, 창비, 2021.

한때 사람들이 전업주부의 일을 "집에서 논다."라고 표현한 적이 있다(그렇게 말하는 사람들이야말로 집에서 아무 노동도 안 하고 놀고 있을 가능성이 높다). 노는 게 아니다. 전문직 종사자로서 돌봄 노동을 하고 있는 것이다. 사실 너무 바빠서 놀 시간이 없다.

돌봄의 가치는 돌보는 사람이 매긴다. 나도 나의 가치를 매일 새로 매기고 있다.

공동묘지
죽음을 기억하라

죽음은 늘 꽁꽁 싸서 멀리 두어야 하는 나라에서 온 나는, 누군가의 죽음이 내 일상 안에 있다는 것이 처음에는 이상했고 나중에는 조금 부러웠다. 여기서는 죽은 이들이 살아 있는 이들 곁에 있는 듯하다.

마을 안에 공동묘지가 있다. 아이들이 다녔던 중학교 바로 앞에도 묘지가 있다. 많은 학생이 인도가 아니라 묘지를 가로지르는 지름길로 학교에 간다. 묘비 사이로 아이들은 재잘재잘 잘도 다닌다. 산 자와 죽은 자의 집이 붙어 있다.

시부모님 묘지는 런던에 있다. 그분들이 생전에 살았던

집에서 멀지 않다. 시누이 다비나는 날이 좋으면 걸어서 그곳을 간다. 무덤가에 놓아둔 화병에는 늘 생화가 꽂혀 있다. 다비나가 꽂아 둔 싱싱한 꽃을 볼 때마다, 나는 경기도 양평 산자락에 계신 우리 부모님 묘지에 있는 쨍한 형광색 조화가 떠오른다. 산비탈 묘지들에는 그런 원색 꽃이 목 좁은 돌 호리병에 꽂혀 있다. 시간이 지나도 색이 쉽게 바래지 않기를 바라는 마음이었을 거다. 다른 집 가족들도.

　여기에서는 누군가가 죽은 이를 생각하며 남긴 기억 조각을 만나는 것이 아주 흔한 일이다. 사랑하는 이를 잃은 사람들은 떠나간 사람을 기억하기 위해 거리에 벤치를 만들고 공원에 나무를 심는다. 마을 곳곳에 있는 나무 의자의 등받이에는 보통 '사랑하는 기억을 담아(In loving memory of)'로 시작해서 그 사람의 이름과 생몰일을 적은 글이 새겨져 있는 것이 많다. 나는 그런 벤치를 보면 천천히 걷게 된다.

　얼마 전 바닷가 절벽을 따라 걷다가, 바다를 바라보는 낡은 벤치를 봤다. 등받이에 이런 글이 새겨져 있었다.

그렉 노블을 사랑하는 기억을 담아.

1967. 8. 2.~1996. 1. 23.

네가 여기 있었으면.

　내가 태어난 해여서 그랬을까? 살아 있었으면 지금 내 나이였을, 그러나 서른이 되기 전에 죽은 그렉이라는 남자와 그의 벤치를 절벽 위에 세운 사람들의 모습이 애잔했다. 그에게는 없는 시간이 지금 내게는 있다는 것이 새삼 고마웠다. 이런 글은 내게 이렇게 읽힌다.

　메멘토 모리(Memento Mori).

　죽음을 기억하라. 지금 삶에 감사하라는 말과 다름없다.

　영국에서는 11월 11일을 '추모의 날Remembrance Day'이라고 부른다. 전몰장병을 추념하는 날이다. 제1차 세계대전이 끝난 1918년 11월 11일을 기념해서 1919년부터 시작되었다고 한다. 9월쯤부터 사람들은 '포피Poppy'라고 불리는 양귀비꽃을 가슴에 달기 시작한다. 11월이 되면 길거리 사람들 중 절반은 가슴에 빨간 꽃을 달고 있다. 자동차 앞 범퍼에 포피가 달리고, 가게의 큰 창문은 포피로

덮인다. 100년 전의 그 오래된 전쟁에 대해 사람들은 무얼 기억하는 걸까.

제1차 세계 대전의 참혹함은 그전까지 사람들이 가지고 있던, 전쟁에 대한 다소 낭만적인 생각을 완전히 바꾸어 놓았다고 한다. 그다지 명분도 없이 시작된 전쟁, 진흙탕 참호 속에서 젊은이들이 겪은 것은 지옥이었다. 그리고 곧이어 일어난 제2차 세계 대전. 두 전쟁으로 전 세계에서 1억 명 넘는 사람들이 죽거나 다쳤다. 포피를 통해 기억하는 것은, 승전의 영광이나 적을 용감히 무찌른 무용담이 아니라 전쟁의 비극, 전쟁이 훼손한 인간의 존엄성, 목숨을 바친 젊은이들의 헌신, 그리고 그들이 나와 같은 사람이었다는 연민이 아닐까 싶다.

전쟁에서 목숨을 잃은 젊은이를 기억하는 장소는 곳곳에 있다. 이스트본 시청에도 문을 열고 들어가자마자 정면 벽에 제1차 세계 대전에서 전사한 이곳 주민들의 이름이 동판에 가득 새겨져 있다. 유리 장식장 안에는 제2차 세계 대전 때 전사한 마을 젊은이들의 명부가 놓여 있다. 시청에서 가장 눈에 잘 띄는 곳에 있는 동네 청년들의 이름은 때때로 바쁜 걸음을 멈춰 세운다. 그들은 젊음을 미처 끝내지도 못했다.

그렉의 벤치가 있는 바닷가 하얀 절벽 끝에는 제2차 세계 대전 참전 공군을 기억하는 기념비가 있다. 화강암 뒤에 새긴 헌정사에는 이렇게 적혀 있었다.

"많은 이에게 비치 헤드는 그들이 마지막으로 본 영국 풍경이 되었다."

이 문장은 내가 서 있던 절벽을 뒤로하고 유럽으로 출격한 뒤 돌아오지 못한 공군을 상상하게 했다. 그리고 헌정사는 이렇게 끝난다.

"그들을 기억하라(Remember them)."

2017년 5월, 한국에 새 정부가 들어선 뒤 몇 달 동안 사회적 의례의 모습이 바뀐 것을 신기하고 벅차게 본 기억이 난다. 5·18 민주화 운동 기념식을, 현충일 추념식을, 6·10 민주 항쟁 기념식을 보며 목이 멘다. 이 의례가 우리가 빚진 이들을, 잊고 있던 이들을, 사라졌던 이들을, 그이들이 목숨 걸었던 시간들을 다시 우리 곁으로 불러와 주었기 때문이다. 1980년 광주 시민을, 4·16 세월호 참사 희생자의 어머니에게 말 건네는 5·18 민주화 운동 희생자 어머니와 그 잃어버린 자식들을, 독립운동가와 그들의 후손을, 6·25 전쟁 참전 군인을, 전사자와 빚진 마음으로 사는 전우들을, 베트남 참전 군인을, 파독 광부와 간호사를, 청계천 여공을, 순직 경찰관과 소방관을, 민주화 열사를 불러냈다. 그리고 이들을 기억하겠다고 사회적으로 선언했다.

나는 누군가의 죽음을 개인과 집단이 기억해 주는 영국 사회가 늘 부러웠는데, 그때만큼은 누구도 부럽지 않았다. 마침내 우리가 그동안 잊었던 사람들을 호명하고, 삶과 죽음을, 현재와 과거를 연결하는 기억의 다리를 만들고 있다고 생각했다. 더 이상 죽은 자를 멀리 유배 보내지 않을 것 같은, 지나 버린 시간을 박제로 만들지 않을 것 같은 희망도 생겼다. 그러나 아쉽게도 이러한 희망은 이어지지 못했다. 누군가의 이름을 기억하는 것 혹은 기억하지 않는 것은 정치적인 선택이었고, 한때의 초혼招魂은 다시 사라졌다. 아쉽게도.

기억하는 것은 죽은 이를 위한 것만이 아니다. 내 삶의 좌표를 찾고, 내가 누리는 삶을 감사하는 데 도움이 된다.

죽은 이들의 흔적이 가까이 있으면 삶이 조금 더 분명하게 보인다. 그들은 끊임없이 우리에게 이렇게 말하고 있으므로.

"메멘토 모리."

잡지

사물의 여행

스페인에 사는 수에게 메시지를 받았다.

"아버지 유품을 한국에 보내 줘서 고마워. 이 멋진 문서를 오늘 받았어."

따라온 사진 세 장은 유엔 평화 기념관 로고가 찍힌 표지, 기증서, 감사장이었다. 거기에는 정중한 인사와 함께 기증해 주신 유물 42점을 최선을 다해서 보존, 전시, 연구하겠다고 적혀 있었다. 답신했다.

"알려 줘서 고마워요. 해먼드 씨도 기쁘고 자랑스러우실 거예요."

사람은 어떤 인연으로 만나는 것일까. 이게 다 우연인

건지, 마음이 바라는 대로 길이 열린 것인지, 애초에 그리 될 일이었는지, 아직도 모르겠다.

해먼드 씨를 처음 만난 것은 2018년 6월이었다. 그해 4월, 남북 정상 회담을 보고 나서 나는 6·25 전쟁에 참전했던 영국군 장병을 찾아보기 시작했다. 한반도에 평화가 오는 것 같아서 나도 '지금 여기에서' 할 수 있는 일은 뭐라도 하고 싶었다. 참전 장병 노인들을 만나 이야기를 듣는 것이 평화를 바라는 기도라고 여겼다. 그리고 인터넷을 검색하다가 이런 기사를 찾았다. 2013년에 주영국 대한민국 대사관이 참전 용사 수기 공모전을 열었단다. 데이비드 해먼드 씨는 수상자 가운데 한 명이었다. 우리가 같은 고장에 살지 않았으면, 지역 신문의 오래된 기사에서 그의 이름과 연락처를 찾아내지 못했다면, 그 전화번호가 지난 20년 동안 한 번이라도 바뀌었다면, 나는 그를 만나지 못했을 거다.

약속을 하고 그의 집을 찾았다. 오래된 물건이 잔뜩 쌓인 작은 거실에서 해먼드 씨 부녀와 이야기를 나눴다. 6·25 전쟁 당시 그도 다른 이들과 마찬가지로 의무 징집병이었다. 열아홉 살이던 그는 22개월 동안 운전병으로 복무했다. 그가 겪은 전쟁 이야기는 월동 장비도 없이 참전한 영국군이 겪은 살인적 추위, 동상 걸린 발가락을 자른 동료, 임진강 상류에서 끊임없이 떠내려오는 중국군의 시신, 그에게 피부암을 안겨 준 여름날의 강렬한 태양 같은 것이었다. 다리 밑에서 본 갓난아이의 시신 이야기도 해 주었다.

"태어나다가 죽었거나 아니면 죽어서 태어난 아기 같았어요. 그 아기의 부모가 남과 북, 어느 쪽 사람이었는지는 모르겠습니다. 그냥 거기 버려져 있었어요. 나는 차에 가서 야전삽을 가지고 와 그 아기를 다리 밑에 묻어 주었습니다."

해먼드 씨는 이 장면만은 또렷하다고 했다. 그는 치매로 기억을 잃어 가고 있었다. 나는 그가 기억하는 전쟁의 마지막 조각이 이 아기를 묻어 준 일이기를 바랐다.

인터뷰를 마치고 나서는데 수가 뒷마당에서 키우는 닭이 낳은 거라며 달걀 꾸러미를 주었다. 나는 곧 다시 오겠노라고 인사했다. 지키지 못할 약속을 남발하면서 산다.

2020년 1월에 그들을 다시 만났을 때, 해먼드 씨는 집

근처 요양원으로 거처를 옮겼고, 수는 스페인으로 이주하였다. 예전 집에서 수를 만났다. 4대째 살던 집을 이번에 팔았다며, 아버지 물건을 정리하고 있다고 했다. 한국 전쟁 관련 잡지와 책을 보여 주며, 원하면 가져가라고 했다. '영국 한국 참전 용사 협회The British Korean Veterans Association'에서 발간한 『모닝 캄』*The Morning Calm* 잡지가 20년 치나 쌓여 있었다.

"아버지는 그 잡지를 소중히 여기셨어. 가끔 우리가 읽어 드리기도 했지. 아버지는 글을 모르시거든."

해먼드 씨가 글을 모르리라고는 생각하지 못했다. 공모전에서 상을 받은 수기도 그의 구술을 딸이 받아 적은 것이라고 했다. 나는 잡지와 책, DVD와 사진 몇 장을 챙겼다. 그리고 기회가 되면 이 자료를 한국에 있는 관련 기관에 전달하겠다고 약속했다.

해먼드 씨가 있는 요양원으로 이동했다.

"이번 주에 네가 온다고 말씀드렸는데, 오늘이라고는 안 했어. 어차피 자꾸 잊어버리시거든."

요양사가 해먼드 씨를 모시러 간 사이에 수는 말했다.

그가 부축을 받으며 응접실로 들어왔다. 영국군 모자를 쓰고 정복을 입고 가슴에 휘장을 달고 있었다. 수가 물었다.

"아버지, 우리가 오늘 올 줄 어떻게 알고 그렇게 차려입으셨어요?"

"⋯온다고 했잖니?"

설마 매일 그렇게 기다린 것일까?

내가 쓴 책 『영국 청년 마이클의 한국전쟁』창비, 2019을 드렸다. 수는 내게 아버지가 나온 부분을 영어로 번역해 줄 수 있는지 물었다. 증손주들이 할아버지께 읽어 드리면 좋을 것 같다고, 그러면 아이들도 증조할아버지가 겪은 전쟁을 알게 되지 않겠느냐고 했다. 나는 그렇게 해 보겠다고 했다. 지키지 못한 약속이 또 늘었다.

2020년 6월, 메시지를 받았다.

"아버지가 6월 4일에 돌아가셨어. 코로나19 때문에 장례식은 조촐하게 치렀지. 스페인이 봉쇄되는 바람에 나는 가지 못했어."

사진으로 보내 준 장례식 안내문 뒷면에는 이렇게 적혀 있었다.

"모임 제한 조치로 인해, 데이비드의 삶을 기념하는 영국 재향 군인회 행사는 차후에 마련하겠습니다. 조의금은 모두 영국 암 연구 재단Cancer Research UK에 기증합니다."

이제 유품이 된 그의 물건은 그때까지도 내가 가지고 있었다. 한국에 갈 때 직접 가져가려고 했는데, 금방 그렇게 되긴 어려울 것이다. 미뤄 두었던 숙제를 할 시간이 되었다. 유엔 기념 공원에 편지를 보냈다. 이러저러한 사정을 설명하고, 이 기증품을 받아 줄 수 있을지 문의했다. 답신이 왔다. 감사하다고 했다. 다행이다. 그런데 며칠 뒤 다시 편지가 왔다. 아무래도 받기 어려울 것 같다고 했다. 그곳은 자료를 안전하게 보관할 시설이 갖추어져 있지 않다면서, 유엔 평화 기념관 측과 협의했는데 그쪽은 가능한 것 같다며 담당자 연락처를 보내 주었다. 죄송하다는 편지에 감사하다고 답신했다. 유엔 기념 공원은 유엔군 전사자 묘역을 관리하는 것이 본래 임무이니 애초에 이곳에 기증 문의를 한 내가 어리석었다. 그런데 담당자는 상황을 설명하고 더 좋은 대안을 제시해 주었다. 참 고마운 일이다.

그 뒤로 일은 순조로웠다. 유엔 평화 기념관의 학예사

와 이메일을 주고받으면서 절차를 의논했다. 마침내 자료를 택배로 보냈다. 닷새 만에 자료는 부산에 도착했다. 학예사는 자료를 확인하고, 모든 페이지를 사진 촬영한 뒤, 수장고에 격납했다. 그리고 관장은 기증자에게 증서를 발송했다. 유품을 잘 보존하고, 전시하고, 연구하겠다고 했다. 그들은 약속을 지킬 것이다. 나도 이번에는 약속을 지켰다.

  한 사물이 어느 장소에 가게 되기까지는 여러 사람의 손을 거친다. 그 과정에서 누구를 만나느냐에 따라서 사물의 여행은 방향을 바꾼다. 나는 해먼드 씨가 모아 놓은 잡지가 부산까지 가게 된 것이 고맙다. 그곳은 6·25 전쟁에 참전한 영국군이 첫발을 디딘 땅이다.

  영국 한국 참전 용사 협회는 1981년에 만들어졌다. 영국에서는 '잊힌 전쟁'이라고 불릴 만큼 아무도 기억해 주지 않는 전장에서 싸우고 돌아온 지 거의 30년 만이다. 그런데 불과 30여 년 활동하다가 2013년에 해산을 결정했다. 모두 고령이라 운영이 어려웠기 때문이다. 한국으로 간 잡지 34권은 영국군들의 삶을 보여 주는 중요한 자료가 될 것이다.

　자료는 해먼드 씨에게서 딸 수를 거쳐 내게 왔고, 유엔 기념 공원을 경유해서 유엔 평화 기념관의 학예사에게까지 전달되었다. 해먼드 씨는 글을 읽지 못했으나 잡지를 보관했고, 수는 묵은 짐을 정리하면서 한 번 만났던 나를 기억해 냈고, 나는 그걸 한국에 보내기로 했고, 유엔 기념 공원은 그것을 귀하게 보존해 줄 곳을 소개해 주었고, 유엔 평화 기념관은 그것을 받아 전문적으로 아카이빙했다. 어디에서든 그 고리가 끊어졌다면 이렇게 훈훈하게 끝나지도 않았을 거다. 내 차례에서 고리가 끊어지지 않은 것에 안도한다. 해먼드 씨의 기억을 부산으로 보내는 것은 내가 6·25 전쟁 발발 70주년을 맞아 2020년에 수행한 소박한 임무였다. 완수했다.

사진

얼굴을 찾아 주는 일

2021년 여름, 애린은 만 열아홉이 되었다. 9월이면 대학에 간다. 집 떠나서 생활하는 것이 처음이니 혼자서 밥 해 먹고 살 게 걱정되었나 보다. 생일 선물로 전기밥솥을 사 달라고 했다. 밥솥이라도 딸려 보내면 나도 안심이다.

열아홉 살. 아직 어른으로 가는 길목에 있는 나이 같은데, 불행한 시대에는 그 나이에 온전히 어른이 되어야 했다. 열아홉을 먼 나라 전쟁터에서 보냈던 노인들을 만났다. 1950년 6월 25일부터 1953년 7월 27일까지 한반도에서 벌어진 전쟁. 한국에서는 '6·25 전쟁', 북한에서는 '조국 해방 전쟁', 중국에서는 '항미 원조 전쟁抗美援朝戰爭',

미국과 영국 그리고 많은 나라에서 '한국 전쟁Korean War' 이라고 부르는 그 전쟁터에서 그들은 열아홉 살을 보냈다.

　몇 해 전 맨체스터에서 참전 장병들을 만난 적이 있었다. 한국에서 '유엔 서포터즈'라는 대학생들이 와서 이들을 위해 위문 행사를 했다. 당시 나는 한국 전쟁 참전 영국군 청년에 대한 책을 쓰고 있었다. 행사장에는 초청받아 온 백발노인이 스무 명쯤 있었다. 행사가 끝나고 그들과 이야기를 나누고 싶었는데, 다들 빨리 집에 돌아가려고 서두르는 것이 보였다. 그곳에 모인 노인들의 사정은 다들 비슷한 것 같았다. 본인이 아니면 부인이 아팠다. 몸은 느리고 마음은 급해 보였다. 아쉬웠지만 나도 인사만 하고 헤어졌다.

　인연은 신기해서, 내가 놓지 않으면 슬그머니 다시 손을 잡는다. KBS 부산에서 유엔 기념 공원 조성 70주년을 맞아 다큐멘터리를 제작하는 일에 도움을 요청해 왔다. 그 덕에 잉글랜드 북부 지방에 사는 노인들을 인터뷰할 기회가 생겼다. 이번에는 그분들 이야기를 길게 들을 수 있었다. 브라이언 호프 씨의 이야기를 들려줄까 한다.

사진

열여덟 살 생일이 지나자, 브라이언에게도 입영 통지서가 날아왔다. 당시 영국에서 남자는 만 18세가 되면 모두 군대에서 18개월 동안 복무해야 했다. 유엔군으로 한국에 파병된 영국군 장병 8만 1천 명 중 대부분은 그렇게 징병된 열여덟, 열아홉 살 청(소)년들이었다. 6주 동안 군사 훈련을 받고 한국으로 떠났다. 항해에만 한 달이 걸렸다. 그는 1952년 8월, 부산에 도착했다. 그리고 휴전 협정이 체결되어 전쟁이 멈춘 후 1953년 10월에 한국을 떠났다.

　브라이언이 겪은 한국 전쟁의 모습은 우리가 이미 알고 있는 것과 비슷하다. 처음 도착한 부산에서 본 것은 극심한 빈곤이었다. 자기도 맨체스터의 가난한 노동자 동네에서 자랐지만, 한반도 피란민의 가난은 상상을 초월했다. 그는 삼팔선 부근 서부 전선에 배치되었다. 한 뼘 땅을 더 차지하기 위해 참호를 파고 중국군과 지루한 전투를 계속했다. 참호 안에는 손바닥만 한 들쥐들이 득실댔다. 쥐는 사람을 무서워하지 않았다. 포탄은 비 오듯이 쏟아졌다. 자기가 죽였을 수도 있는 중국군 병사의 시신이 바로 눈앞 철조망에 걸렸다. 얼굴을 위로 한 채 고개가 꺾였는데, 부릅뜬 그의 눈이 어디를 가든 브라이언을 바라보는 것 같았다. 그 눈은 지금도 생생하다고 했다.

이는 전쟁 영화에서 흔히 볼 수 있는 장면이다. 쉽게 상상할 수 있다. 다만 지금까지 내가 상상하지 않았던 것은 병사들이 겨우 열여덟 열아홉 살, 내 아이의 나이였다는 것이다. 브라이언은 열아홉 살 생일을 참호 안에서 맞았다. 물론 생일 파티는 없었다.

참호 안으로 날아온 포탄으로 사상자가 발생한 날이었다. 피 흘리며 엎드려 있어 죽은 줄 알았던 잭의 손이 미세하게 떨렸다. 누군가 소리쳤다.

"아직 살아 있어!"

잭은 등에 무수한 파편이 박힌 채 후송되었다. 목숨은 건졌지만, 척추에 박힌 파편은 빼 낼 수가 없었다. 상처는 아물지 않았다. 짓무르고 고름이 생기는 상처를 안고 60년을 살았다. 그 세월 동안 아내는 매일 상처를 소독하고 거즈를 갈아 주었다. 브라이언은 이렇게 말했다.

"잭의 아내 베로니카야말로 진정한 영웅이에요. 훈장은 그이한테 줘야 해. 전쟁이 남긴 상처를 돌보는 사람이 어디 그 한 사람뿐이었겠어요? 한국에는 또 얼마나 많았겠어요?"

사진

1953년 7월 27일, 그날 하루는 엄청 길었다.

"그날 밤 10시에 휴전된다는 걸 아침에 들었어요. 다들 오늘 하루를 무사히 넘기려고 초긴장했지요. 그건 중국군도 마찬가지였던 것 같아요. 하루 종일 죽은 듯이 고요했어요. 우발적으로라도 충돌이 일어나서 오늘 사상자가 나온다면 그건 얼마나 무용한 일이에요? 그런 어이없는 상황이 벌어질까 봐 서로 조심했지요. 다행히 아무 일도 일어나지 않았어요. 그리고 밤 10시에 나팔 소리가 들렸죠. 전쟁이 끝난 거예요."

놀라운 일은 그다음 날에 벌어졌다.

"아침이 되자 다들 참호 밖으로 나왔어요. 중국군들도 나왔죠. 이틀 전까지만 해도 서로 총을 겨누고 포탄을 퍼부었는데, 두 참호 사이에 있는 무인 지대에서 서로 만났어요. 그리고 악수를 했지요. 포옹하는 사람도 있었어요. 담배를 건네고, 맥주를 나눠 마셨어요. 전쟁이 끝난 것을 모두 한마음으로 기뻐했죠."

이 얘기를 듣는데, 전쟁이 무슨 운동 경기나 게임처럼 느껴졌다. 마치 시뮬레이션 게임이라도 하다가 '게임 오버'가 된 것처럼 어이없고 싱거웠다. 악수와 포옹이라니.

그러면 그동안 이들은 무엇을 위해 그렇게 죽고 죽였던 것일까? 이런 화해는 영국군과 중국군이 피차 외국 군대였기 때문에 가능한 것이었을지도 모르겠다. 국군과 인민군이 격전을 벌인 전선에서도 이런 일이 일어났을까?

브라이언은 지금도 일요일마다 영국 전역에 있는 지역 신문에 독자 편지를 보낸다.

"이 지역 사람, 아무개 아무개는 한국 전쟁에 참전했고 전사했습니다. 이 사람들 사진을 가지고 있는 분은 제게 보내 주세요. 그러면 그들이 묻혀 있는 유엔 기념 공원에 사진을 전달하겠습니다."

잉글랜드, 스코틀랜드, 웨일스, 북아일랜드에 있는 모든 지역 신문에 편지를 보내는 데는 꼬박 6개월이 걸린다. 전국을 한 바퀴 돌면, 다시 처음부터 시작한다. 이 일을 14년째 하고 있다. 가족과 친구들이 사진을 보내 줘서 지금까지 거의 3백 명의 얼굴을 찾아 주었다. (영국군 전사자는 총 1,177명이고, 이 가운데 890명이 부산 유엔 기념 공원 묘역에 묻혀 있다. 나머지 2백여 명은 아직 유해를 찾지 못한 전사자다.) 이런 일은 세월이 최대의 적이다.

사진

몇 달째 연락해 오는 사람이 아무도 없었다. 이제 이 일을 접어야겠다고 생각하던 차에, 어느 할머니가 오빠 사진을 보내왔다. 아직 접을 때가 아니라는 것을 알았다.

브라이언에게 물었다.

"이 일을 왜 하시나요?"

그는 이렇게 답했다.

"영국에서 한국 전쟁은 '잊힌 전쟁'이에요. 아무도 기억하지 않아요. 군 복무를 하는 열여덟 열아홉 병사들을 전쟁터에 보냈는데, 정작 돌아왔을 때 아무런 환영도, 도움도 없었어요. 영국 항구에 다시 도착했을 때 우리가 받은 것은 집으로 가는 기차표 한 장하고 샌드위치 하나, 그리고 맥주 한 잔 마실 수 있는 정도의 동전 한 닢이었어요. 항구에서 세관 공무원이 신고할 게 있냐고 물었어요. 없다고 하니 가라고 했어요. 다들 각자 알아서 집으로 돌아갔어요. 사람들은 한국에서 무슨 일이 있었는지, 영국이 한국에 파병했는지조차 몰랐어요. 그때도 그랬고, 지금도 그래요. 이 일을 하는 이유는… 그래도 지역 신문에 이 마을에 사는 아무개가 한국 전쟁에 참전했다가 사망했다는 글을 실으면, 사람들이 알게 되지 않을까요. 한국 전쟁에 젊은이들이 갔었다는 것을.”

브라이언은 이 일을 전사자를 위해서 하는 것도, 한국인을 위해서 하는 것도 아닌 것 같았다. 오늘날 이곳에 사는 사람들이 그들을 기억해 주기를 바라기 때문에 하는 것 같았다.

“한국 사람들은 우리를 늘 기억해 줘요. 감사하지요. 유엔 기념 공원은 정말 아름답게 잘 가꾸어져 있어요. 영국에서는 그렇지 않습니다. 잊힌 전쟁이라는 말이 맞아요….”

부산역에서 시티 투어 버스 레드라인을 타면, 부산대교와 부산항대교를 아찔하게 건너 첫 번째로 멈추는 장소가 유엔 기념 공원이다. 그곳에는 먼 나라 전쟁터에 와서 죽은 이들이 2천 명 넘게 묻혀 있다. 2021년은 묘지가 조성된 지 70주년이 되는 해였다. 유엔 기념 공원과 부산 남구청은 전사자의 사진을 모아 큰 현수막을 만들었다. 열여덟, 열아홉, 스물의 젊은이들. 그들의 얼굴이 거기 있었다.

사진

1997년 달력
꽃다운 벗에게

　　대청소를 하다가 오래된 상자 속에서 캔버스 천으로 만든 1997년 달력을 찾았다. 그 위에 적힌 손글씨가 보였다.

　"30회 생일을 맞이하여. 이향규 선생님의 동참을 환영합니다. 김석형 배拜."

　내 서른 살 생일이 어땠는지는 기억이 없다. 서른 무렵을 어떻게 보냈는지도 아득하다. 내가 무엇에 동참했다는 건지…. 연도와 나란히 인쇄된 "고난 함께"라는 글귀로 짐작할 수는 있지만, 김석형 선생이 동참을 고대하며 그렇게 썼을 가능성이 높다.

　나는 누구의 고난도 함께한 적이 없다.

김 선생을 처음 만난 것은 내가 대학원생이던 1994년이다. 우연히 알게 된 그의 삶이 흥미로워 생애사를 기록으로 남기고 싶었다. 그러나 곧, 파란만장한 삶을 산 여든 살 노인의 이야기는 스물몇 살이었던 내게 너무 버겁다는 것을 깨달았고, 김석형 선생의 생애사를 쓰겠다는 야무진 꿈은 천근 부담으로 바뀌었다. 그래도 일주일에 한 번 그의 집을 찾았다. 이종 선생을 만난 것은 그 집에서였다.

　서울 낙성대 '만남의 집'에는 노인 여럿이 같이 살고 있었다. 세상 사람들은 자기가 서 있는 마음자리에 따라 그 노인들을 '빨갱이', '간첩'부터 '통일 일꾼', '애국 투사'까지 여러 다른 이름으로 불렀다. '비전향 장기수'라고 부르는 사람이 제일 많았다. 이 말에는 적개심도 칭송도 담겨 있지 않아서 중립적이고 공정하다. 단, 그 건조함은 조심해야 할 일이다.

　'비전향'이라는 말은 (글자 하나하나를 꼭꼭 눌러 발음하지 않으면) '사상 전향'을 강요했던 폭력과 야만을 오히려 무심히 여기게 만들고, 나아가 전향과 '비'전향을 명확히 구분되는 두 세계처럼 보이게 만든다. (어쩌면 그게

'사상 전향'을 시키려는 자들의 논리가 아닐까 싶다.) '장기수'라는 말도 예사롭게 쓰면 갇힌 시간의 아득함을 다 담아 내지 못할 뿐 아니라 각자의 세월을 숫자로 비교하는 무례를 은근슬쩍 범할 위험이 있었다. 내 얘기다. 이종 선생이 감옥에서 보낸 23년이 김석형 선생의 30년보다 수월했다고 말할 수 없고, 45년을 감옥에서 보내 기네스북에 등재되었다는 김선명 선생의 삶이 그 집에 살았던 노인들 가운데 가장 고통스러웠다고 할 수 없을 텐데, 나는 때때로 감옥에서 보낸 시간을 추로 삼아 그들 삶의 무게를 재려 했다.

당시 이종 선생의 방은 현관 옆에 있었다. 그래서 그에게 먼저 들러 인사한 뒤, 마루를 가로질러 김석형 선생 방으로 건너가는 것은 허물이 되지 않았다. 이 노인의 고요함에는 사람을 잡는 힘이 있었다. 그래서 이 방에 오래 머물고 싶었다.

그러던 어느 날, 선물을 받았다.

"꽃다운 벗에게. 이종으로부터."

그는 얼마 전에 출판된 시집을 수줍게 건네면서 앞 장

에 그렇게 적었다. 나를 그렇게 예쁘게 불러 준 이는, 그 전에도 없었고 그 후에도 없다.

이종 선생의 삶을 사건 중심으로 소개하면, 1911년에 충청북도 영동읍에서 태어났다. 서울에 있는 경성고학당이라는, 고학생을 위한 무료 학교에 다니면서 사회주의 사상을 접했다. 고향에서 농촌 계몽을 위해 일하다가 일제에 체포되어 고초를 겪었다. 해방되고 나서는 남조선로동당에 가입했다. 좌익 활동을 하다 검거되어 재판받던 중에 6·25 전쟁이 나 월북했다. 정치 공작원 훈련을 받고 1953년에 남파되었다. 1959년 간첩 미수 혐의로 체포되어 10년간 복역했다. 1969년에 만기 출소하였으나 '전향'을 거부하여 1975년, 보안관찰법으로 다시 구금되었다. 13년을 복역하고 1988년에 출소했다.

이런 소개는 삶의 큰 궤적과 골격을 알려 주긴 하지만, 그 사람 성정을 보여 주지는 않는다. 이종 선생을 이렇게 소개하는 편이 낫겠다. 그는 시인이었다.

시집 『독방』일송정, 1995이 나오게 된 사연을 선생은 책 앞머리에 밝혔다. 간추려 옮겨 보자면, 감옥에서 그는 말과 글이 오랫동안 강제로 봉쇄당해, '침묵인'이 될 수밖에 없었다. 침묵은 표현 욕구를 자라나게 하였으나, 한 토막 연필과 한 조각 종이도 소유할 수 없었고 들키면 징벌방에 갇혔다. 그는 마음에 와닿는 상념을 종이에 적는 대신 머릿속으로 외워 두는 수밖에 없었다.

출소한 후, 모두 잠든 밤에 이종 선생은 갱지에 연과 행 구별도 없이 빽빽이 적고는 종이를 돌돌 말아 깡통에 넣고 밀봉하여 선산 부근에 묻어 두었다고 한다. 감옥에서 나온 뒤에도 정보 당국과 친척들은 끊임없이 전향을 권유했으나 그는 거부했다. 농촌의 품팔이와 노동판을 전전하며 삶을 이어 가다 보안 감호에 걸려 다시 감옥에 갔다.

석방된 뒤에 혹시나 하는 미련에, 깡통 묻어 둔 곳을 찾았으나 그곳은 이미 흙무더기가 되어 있었다. 여기저기 파 보았으나 소용이 없었다. 체념이 바로 따라왔다. 산에서 내려가기 전에 마지막으로 삽을 댄 곳에서 느껴진 둔탁함! 그곳에 그의 시가 있었다. 그러나 묻은 지 20년 만에 다시 찾으니 종이는 삭고 잉크는 번져서 읽을 수 있는 것은 거의 없었다. 기억해 내고 다듬는 데 다시 몇 해가 걸렸다. 뇌졸중으로 기억력도 쇠잔해졌다.

그럼에도 그는 마침내 시집을 냈다. 내용의 "허술함과 억지스러움"이 없지 않고, "작품을 쓸 수 있는 능력"도 갖추지 못했고 그런 환경도 아니었지만, "자기 고난의 긴 숨결이기에 그저 옮겨 써 두었다. 세계에서 유례가 없는 가혹한 형행刑行과 역사의 편린이나마 엿볼 수 있으면 다행이겠다."라고 여기며.(「시인의 말」)

　그의 시는 "꿈도 재판하고 잠꼬대도 형을 받는"(「꿈과 잠꼬대」) 시대에 대한 기록이다. "감옥 독방에 산 채로 묻힌"(「고려장」) 그는 "네가 뭐냐 물으면／ 인간이다란 대답이 난처"하고, "삶이 뭐냐 물으면／ 이거다란 대답이 난처"한 긴 시간을 보냈다.(「난처한 대답」)

　나는 「첫사랑」이라는 시에서 한참 멈췄다. 어찌나 섬세한지 그의 마음도, '당신'의 마음도 전해졌다. 어쩐지 이 시는, 그 오랜 세월 땅속에 묻혀 있어서 종이는 삭고 잉크가 번졌지만 그래도 알아볼 수 있었던 몇 편의 시 가운데 하나였을 것 같다. 이 시에 담긴 마음을 가늠하면 그래야 한다.

사랑을 아십니까 물어보니

모른다고 시침 떼던 당신 침묵은

왜 숨결이 기쁘고 얼굴을 붉히셨소

날 사랑하십니까 편지를 하니

아니라고 잡아떼던 당신 글월은

왜 끝을 못 맺고 찢곤 찢곤 하였소

홋홋이 만나자고 약속은 맺고

안 된다고 뿌리치던 당신 발길은

왜 못 가고 되돌아서곤 하였소

부모 말 들으라고 타이르니

그런다고 순종하던 당신 얼굴은

왜 입술을 깨물며 눈물에 젖었었소

생각지 말자고 다짐한 두 맘이

왜 세월을 분간 못하고 꿈속까지 따라다니오

— 이종, 「첫사랑」, 『독방』, 일송정, 1995.

젊은 시절 나는 세상에는 '정치가'와 '시인', 두 부류의
인간이 있다고 생각한 적이 있다. 사상 전향에 맞서는 투
쟁은 아무래도 정치 투사의 몫인 것 같았다. 그래서 '시

인'이었던 이종 선생에게 물었다.

"선생님은 왜 전향하지 않았나요?"

온화하고 섬세한 이가 사상 전향을 강요하는 살인적인 신체적·정신적 고통을 어떻게 견뎌 냈을지도 궁금했다. 그의 답은 이랬다. 그들이 너무 폭력적이어서 전향할 수가 없었다고. 자신이 지금까지 옳다고 믿었던 생각을 버리려면 적어도 그것보다 더 좋은 것을 위해서 바꾸어야 할 텐데, 그들은 그런 가치를 보여 주지 않았다고.

2000년 9월 2일, 비전향 장기수 63명이 북으로 송환되었다. 그해 김대중 대통령과 김정일 국방위원장이 합의한 「6·15 남북 공동 선언」에 따른 조치였다. 김석형 선생도 이종 선생도 그때 북으로 돌아갔다. 두 분은 극진히 보살핌을 받다가 김석형 선생은 93세, 이종 선생은 100세에 돌아가셨다. 이쯤 되면 해피엔딩… 인 줄 알았다.

그때 돌아가지 못한 사람들이 있었다. 2000년 송환 당시 소식을 듣지 못해 누락되었던 사람들, 잔혹한 고문으로 강제 전향 '당했으나', 그 뒤 번복하고 자기 신념을 밝혔던 사람들이 지금까지 20여 년째 2차 송환을 요구하고 있다고 한다. 처음에 46명이었는데, 이제 9명(2022년 8월 기준)만 남았단다. 아흔 노인들이다. 집에 돌아가 가족을 만나고 싶어 한다. 나는 이걸 얼마 전에 알았다.

1997년 달력을 앞에 두고 생각한다. 나는 고난에 동참한 적이 없다.

코리안
우리의 언어

벌써 여러 해 전 일이다.

"실례지만, 지금 쓰는 말이 어느 나라 말인가요?"

동네 펍에서 친구 미나와 이런저런 이야기를 나누고 있는데 옆자리에 앉아 있던 청년 둘이 말을 걸었다.

"한국어예요."

"아, 그렇군요. 소리가 독특해서 궁금했습니다."

"소리가 어떻게 들리세요?"

"아름다워요. 음악 같아요."

우리가 젊었을 때라면 이게 환심을 사려는 빈말이라고 의심할 수 있었겠으나, 중년의 우리는 바로 믿었다.

"그런가요? 감사해요."

비슷한 얘기를 얼마 뒤에 또 들었다. 성령 강림 대축일이었다. 이날은 그리스도교에서 예수님이 부활한 지 50일 후에 성령이 내려오고, 이제 사도들이 세상에 복음을 전하기 시작한 것을 기념하는 날이다. 우리 성당에서는 그날, 기도문과 성경을 다양한 국적의 사람들이 자기 나라말로 읽는 특별한 미사를 드린다. 매년 자원자를 모집하는데, 2018년 성령 강림 대축일 미사 때는 나도 자원했다. (이탈리아, 프랑스, 필리핀, 폴란드, 스페인에서 온 사람들도 참여했다.) 그날 나는 '제2독서'로 「사도행전」 (2:1~11)을 읽었다.

저녁 미사라 밖은 어스름했다. 오래된 성당 안은 사람들로 꽉 찼는데도 빈 곳처럼 고요했다. 높은 돔 천장이 소리를 투명하게 만들었다. 미사가 끝나고 나이 지긋한 여자분이 다가왔다.

"아까 그 언어는 어느 나라 말인가요?"

"한국어예요."

"그렇군요. 그런 소리는 처음 들어 봤어요. 유럽 언어와 완전히 다르고, 제가 아는 어떤 소리와도 달라서 궁금했어요."

"어떻게 들리셨어요?"

"고요하고 아름다워요."

    내가 유독 그해 성당 행사에 적극적이었던 것은 마음속으로 올리는 기도가 있었기 때문이다. 성당에 열심히 나가면 '기도빨'이 세질 거라는 유치한 바람이 있었다. 그즈음 나는 마치 망명 정부의 인사처럼 '조국의 평화'를 자주 생각했다. 2018년 4월 27일, 판문점에서 남북 정상 회담이 열리는 것을 보며 한국에 있는 많은 사람이 그랬듯이, 나도 설레고 감격하고 기대했다. 지금 돌이켜보면 허망하지만, 그때만 해도 당장 한반도에 평화가 찾아오는 줄 알았다.

    그날 미사가 끝난 뒤에는 사람들이 저마다 가지고 온 음식을 함께 나누는 파티가 열렸다. 이민자들은 자기 나라 음식을 만들어 왔다. 우리 성당에 다니는 한국 사람은 선과 나, 딸랑 둘이다. 우리는 하루 종일 김밥을 싸고, 전을 부쳤다. 나는 "한반도의 평화를 위해서라면 김밥 백 줄을 못 말겠느냐."라고 큰소리쳤지만 내가 말면 자꾸 옆구리가 터져서 김밥은 선이 다 쌌다. 나는 생선전, 완자, 버섯전, 호박전을 부쳤다. 김밥과 전을 엄마가 쓰시던 오래된 옻칠

목기에 얌전히 담았다. 성당 홀에 차리고 보니, 물량으로는 필리핀 커뮤니티의 음식을 따라잡을 수 없었지만 정성과 단아한 모양새로는 단연 우리가 으뜸이었다.

음식상 옆에 사진 두 장을 넣은 액자를 하나 세워 두었다. 하나는 1989년에 임수경의 손을 잡고 판문점 군사 분계선을 넘는 문규현 신부의 모습이고, 다른 하나는 그 군사 분계선을 손잡고 넘는 2018년의 남북한 두 정상 모습이었다. 사진 위에 큼지막하게 이렇게 적어 두었다.

"기도에 감사드립니다. 한반도 평화를 위해 더 많은 기도가 필요합니다."

이런 액자를 놓아둔 것만으로도 조국 평화에 크게 기여하는 것 같았다.

2018년 가을에 나는 런던한겨레학교에서 한 학기 동안 자원봉사를 했다. 이 학교는 런던 한인 타운 뉴몰든에 정착한 북한 사람들이, 자녀의 한글 교육을 위해 세운 주말학교다. 영국에 사는 북한 사람은 천 명 정도 된다고 한다. 처음에는 난민으로 이곳에 왔지만, 시간이 지나면서 이제는 영주권이나 시민권을 얻어 정착했다. 그들이 이곳에 자리 잡기까지는 각자의 이유와 길고 험한 여정이 있었을 것이다. 사연이 궁금했지만, 굳이 내 편에서 묻지는 않았다. 학교에서 우리는 남과 북 어디 출신인지와 상관없이, 그저 이 낯선 땅에서 같은 말을 쓰는 '코리안' 이주민으로 만났던 것 같다. 내가 해야 할 일은 중급반 아이들에게 한글 읽기와 쓰기를 가르치는 것이었다.

얼마간의 시행착오 끝에 나는 어린이들에게 시를 가르치기로 했다. 우리말의 아름다움을 보여 주고 싶었다. 아이들은 윤동주, 나태주, 최승훈, 박길순, 박희순 시인의 시를 읽고 외웠다. 그리고 자기가 이해한 대로 영어로 옮겼다. 열 살도 안 된 장난꾸러기들의 번역은 아이들마다 조금씩 달랐지만 모두 근사했다. 이를테면 이런 식이다.

나무   Tree
         윤동주   Yun Dong-ju

나무가 춤을 추면   When the trees dance
바람이 불고   the wind starts blowing
나무가 잠잠하면   When the trees sleep
바람도 자오   So does the wind

코리안

학기가 끝날 때쯤 아이들은 자기가 번역한 우리말 시집을 저마다 하나씩 완성했다. 나는 이걸 꼭 간직하라고 당부했다. 아이들이 나중에라도 '내가 누구인지'를 묻게 될 때, 이게 답을 찾는 데 도움이 되길 바랐다.

나는 아이들 작품을 모아 학급 문집을 만들어서 학부모와 주변 사람들에게 나눠 주었다. 영국 사람들에게 줄 때는 부듯한 마음이 마구 솟아났다. 감격에 겨워 말도 많아졌다.

"멋지지 않아요? 영어가 분석적인 언어라면, 한국어는 직관적이고 시각적인 언어인 것 같아요. 이미지와 감정을 간결하게 포착하는 데 탁월하거든요. 이것 좀 보세요."

사람들은 아이들 시를 웃음 지으며 읽었고, 과연 그렇다는 듯이 고개를 끄덕여 주었다. 한글도, 아이들도 자랑스러웠다.

나는 이 일을 하면서 '코리안'을 대체하는 단어가 정작 우리말로는 없다는 것을 알았다. 남쪽에서는 '한국어'라 하고 북쪽에서는 '조선어'라고 하는데, 남북이 어울려 있는 우리 학교에서는 이를 어떻게 불러야 할지 고민이었다. 글자는 '한글'이라고 하면 되는데, 말은 부르기가 애매해서 그냥 '우리말'이라고 얼버무려 말했다. 허전하고 슬픈 일이다. 우리말에는 남과 북을 아울러 '우리'를 부르는 이름이 없다. 서로 등 돌리고 산 세월이 너무 오래되었다. 2018년 12월에 약속한 한 학기를 마치고 나는 아이들과 헤어졌다. 한반도에 평화가 도래할 것 같아서 들뜬 마음으로 보냈던 그해도, 시시하게 저물었다.

그리고 오래전에 맺은 인연이 새로운 모습으로 다시 이어졌다. 2021년 봄에 나는 이 학교의 교장이 되었다. 선생님, 학부모들과 힘을 합쳐 이 학교를 잘 꾸려 가는 것이 내 일이었다. 부모가 한반도 남과 북 어느 쪽 사람인지 상관하지 않고 아이들에게 아름다운 '우리' 말과 글을 가르치는 일을 차근차근 잘해 보고 싶었다. 어쩌면 그게 지금 내 자리에서 소박하게 다시 시작하는, 평화를 위한 기도가 될지도 모르겠다고 생각했다.

그로부터 2년 뒤에 학교를 떠날 때까지 나는 많은 것을 겪고 배웠다. 결국 처음으로 돌아왔다. 아름다운 우리 말과 글을 가르치는 일, 그것을 다시 잘 하고 싶다.

깍두기

잉여들이 세상을 움직인다

런던한겨례학교에서는 쉬는 시간에 여러 놀이를 하면서 놀았다. 책상에 앉아서 한글 공부를 하던 아이들은 마당에 나오는 것만으로도 즐거워했다. 사방팔방으로 (아무 목적 없이) 뛰어다니는 아이들을 보고 있으면, 오래전 과학 시간에 배운 기체의 분자 운동이 생각났다. 교실에서는 고체였던 아이들이 밖에서는 기체가 된다.

개나리반 담임 선생님이 3교시에는 바깥에서 '무궁화 꽃이 피었습니다'를 하자고 제안했나 보다. 아이들은 2교시가 끝나자마자 마당에 나가 자기들끼리 술래를 정하고 놀이를 시작했다. 나는 영국에서 태어나 자란 아이들이 이 놀이를 척척 알아서 하는 것이 대견해서 지켜보고 있었다.

술래가 뒤돌아서서 "무궁화꽃이 피었습니다!" 외치고 재빨리 고개를 돌려 멈춰 선 아이들을 살폈다. 석고상처럼 굳은 아이들은 눈동자도 굴리지 않으려고 눈을 부릅떴는데, 입꼬리는 다들 장난스럽게 올라가 있어서 얼굴이 생기로 가득 찼다. 한 아이 몸이 흔들거렸다. 그것을 본 술래가 오른팔을 뻗었다. 엄지는 하늘을 향하고 검지는 그 아이를 가리키며 말했다.

"탕탕. 너 죽었어!"

움직인 참가자를 총을 쏴 탈락시키는 것을 보고 실소가 터져 나왔다. 선풍적인 인기를 끈 넷플릭스 시리즈「오징어 게임」²⁰²¹ 때문에 놀이 규칙이 바뀌어 버렸다. (물론 나는 곧 선생님의 본분을 잊지 않고, 원래 규칙을 잘 설명해 주었다.)

2021년「오징어 게임」은 영국에서도 몇 주 동안이나 넷플릭스 시청 1위를 기록했다. 우리 식구는 물론, 아이들 친구들과 내가 아는 이웃들도 다 봤다. 대학에 간 애린도 기숙사 같은 층에 사는 친구들이랑 공용 부엌 식탁에 앉아 같이 봤다고 한다. 비상한 인기를 실감했다. 어릴 적에 즐겨 했던 놀이들이 목숨을 건 잔혹 서바이벌 게임으로 재탄생했다. 나는 폭력 수위가 높은 영화는 좀처럼 보지 않는데, 뭐에 홀렸는지 이 게임에서 빠져나가지 못하고 밤을 새워 정주행했다.

「오징어 게임」에서 인상적인 장면이 무엇이냐고 물으면 그 대답은 사람마다 다를 수밖에 없다. 미술 감독이 심혈을 기울여 만든 시각적 장치가 워낙 많은 덕에 기억에 남는 장면이 많다. 그런데 별로 중요한 장면도 아니고, 특별히 멋진 장치가 있었던 것도 아닌데 오래 기억에 남는 장면이 있다. 어쩌면 평소에 가지고 있던 생각을 뜻밖에 '한미녀'라는 인물의 입을 통해 들었기 때문일 거다.

드라마에서 네 번째 게임은 2인 1조 경기였다. 전체 생존자가 홀수라서 짝을 짓고 나면 결국 한 사람이 남게 되었다. 혼자 남은 사람은 아무래도 탈락할 것 같다는 생각에 사람들은 절박하게 파트너를 찾았다. 게임을 끝내고 사람들이 묵묵히 숙소로 돌아왔을 때, 짝을 구하지 못해서 혼자 남았던 (그래서 이미 죽었다고 생각했던) 한미녀가 거기 있었다. 그가 사람들을 조롱하며 말하기를, 가면

쓴 사람들이 자기는 '깍두기'라고, 그래서 곱게 숙소로 데려다줬다고 한다. 소외된 약자를 버리지 않는 게 아이들이 놀이할 때 지켰던 '아름다운 규칙'이라고 말하며.

깍두기가 영어로 어떻게 표현되었을지가 궁금했다. 영어권 문화에는 깍두기라는 존재가 없으니 당연히 이 말을 고스란히 대체할 단어도 없다. 영문 자막에는 이렇게 적혀 있었다.

"가장 약한 고리(The weakest link)."

번역가의 고심이 전해졌다.

편을 갈라야 하는 놀이에서, 짝이 안 맞아 남는 아이가 있거나, 누가 봐도 능력이 달려서 어느 편에서도 데려가고 싶어 하지 않은 아이(보통은 눈치 없이 따라 나온 동생들)가 있으면, 깍두기를 시킨다. 깍두기는 있어도 그만 없어도 그만인 존재다. 깍두기가 놀이 규칙을 따르지 않거나 실수해도 웬만하면 넘어간다. 깍두기는 어느 편에 속하든 대세에 지장을 주지 않기 때문에, 아무 편에나 들어가도 되고 양편에서 다 뛸 수도 있다.

놀이를 일상으로 확대하면(굳이 이러는 건 예능을 다큐

로 바꾸는 나의 고질병 탓이다), 깍두기가 되는 사람은 소속과 역할이 분명하게 꽉 짜인 사회에서 애매하게 존재하는 '잉여'적 존재이거나 혹은 여러 이유에서 기존 사회 틀에서는 온전히 한몫의 역할을 하기 어려운 약자들이다.

　나는 영국에 온 뒤로 늘 내가 이 사회에서 깍두기로 산다고 생각했다. 그건 남편도 마찬가지다. 우리는 어디에도 완전히 소속되어 있지 않고, 딱 정해진 사회적 역할이 있는 것도 아니다. 우리가 있든 없든 세상 돌아가는 데는 전혀 지장이 없다. 우리는 '노는 손'이다. 그런데 좋은 점도 있다. 어디에 묶인 게 아니라서 시간이 많다. 그래서 사람들이 다들 자기 역할을 하느라 바쁠 때, 우리는 '해도 되고 안 해도 되는', 그러나 '하면 좋은' 일을 할 수 있다.

　남편이 우리 동네 사람들에게 푸드 뱅크에 기부할 식료품을 모아 보자고 제안하고 한동안 그 일을 맡아 한 것도, 그럴 수 있는 시간과 여유가 있었기 때문이다. 지금은 자기가 장애인 연금을 받을 수 있게 되기까지 고생을 많이 했다며, 비슷한 처지에 있는 사람들이 시행착오를 거치지 않고 신청 서류를 잘 준비할 수 있도록 옆에서 도와주는 일을 한다. 펍에서 만나 우연히 사정을 알게 된 사람들 여럿이 남편 덕분에 연금을 받게 되었다. 이건 그의 본업(본업이 없다)도 아니고, 시간을 정해 놓고 하는 일도 아니다. 그냥 그때 할 수 있는 일이어서 한다. 사회적 책임이 없는 깍두기들은 그런 점에서 자유롭다.

내가 몇 년 전에 자원 교사를 한 것도 그냥 깍두기로 한 것이었다. 내가 있으나 없으나 학교가 돌아가고 아이들이 배우는 대세에는 전혀 지장이 없지만, 혹시라도 사람 손이 더 필요한 곳이 있으면 돕고 싶었다. '잉여'는 유용하다. 노는 손이 있어야 다들 바빠서 놓치는 빈 곳을 채우고, 일이 너무 빡빡하게 돌아가지 않도록 여유를 준다. 나는 세상을 그런대로 살 만하게 만드는 데는 깍두기들의 공이 크다고 본다.

한때 깍두기였던 내가 어쩌다 교장이 되자, 역할이 분명해지고 책임질 일들이 생겼다. 담임 선생님들과 반을 꾸려 나가는데, 아이들의 수준과 성향이 제각각이라 하나하나 맞추기가 어려웠다. 고민 끝에 자원 교사 모집 공고를 냈는데 여러 사람이 연락을 해 왔다. 깍두기 선생님들만 다섯 명이 되자, 한결 잘 돌아갔다.

영어 격언 가운데 "사슬은 가장 약한 고리만큼 강하다. (A chain is only as strong as its weakest link.)"라는 말이 있다. 이참에 깍두기의 위상을 높여 보고 싶어서 자꾸 비슷한 문장을 만들어 본다.

"사회는 깍두기들이 있는 만큼 잘 돌아간다."

「오징어 게임」에서 시작해 멀리도 왔다.

기차
함께 여행하는 사람들

나는 경유하는 여행을 별로 좋아하지 않는다. 목적지까지 되도록 예측한 대로 변수 없이 도착하는 것이 최선이라고 여긴다. 자동차 운전도 그렇게 한다. 익숙한 경로로만 다니고 차선도 거의 고정되어 있어서, 내 차는 철로 위에 있는 기차처럼 움직인다. 낯선 길에서 우연히 본 숨 막히는 풍경에 차를 멈춰 세운다든가, 고속도로를 두고 풍광 좋은 국도로 가는 일은 절대로 안 한다. 걷기를 좋아하지만 정처 없이 걸어 본 적은 거의 없다. 가 보지 않은 좁은 골목이 궁금해서 기웃거리는 일 같은 것도 하지 않는다. 나는 기차 여행을 좋아하는데, 그건 예측할 수 있기 때문이다. 철로 위에 있다는 것이 주는 안정감이 있다. 경로를 벗어나는 것은 내게 재앙이다. 그렇게만 살 수 있다면 좋으련만, 세상일은 내 마음 같지 않다.

2022년 여름부터 2023년 여름까지 꼬박 일 년 동안 영국의 철도 노동자 파업이 계속되고 있다. 전국의 열차가 모두 멈추는 날도 있고, 부분 구간만 운행하는 날도 있다. 런던에 가야 하는 날 기차 파업이 있으면 여정을 미리 잘 계획해야 한다. 가는 길에 열차가 다니지 않는 구간이 있으면 듬성듬성 버스를 타거나 다른 기차로 갈아타서 엉뚱한 도시를 거쳐 가야 한다. 두 시간이면 가는 길이 네 시간이 걸릴 때도 있다. 처음에는 이 상황에 사람들이 짜증을 내지 않는 것이 이상했다. 이런 상황이 익숙한 것인지, 참는 게 미덕이라고 생각하는 것인지, 아니면 노동자 파업은 정당하다고 지지하는 것인지 알 수 없으나, 우회하는 기차 안에서도 사람들은 평온해 보였다. 어떤 사람들은 명랑하기까지 했다. 이 상황에서는 화를 내는 것이 오히려 이상한 것 같아 나도 무심하게 앉아 있었다.

이런 날이 반복되자 이제 적응되었다. 우회하는 것은 '그러려니' 여기고, 시간이 걸려도 목적지에 도착만 하면 괜찮다고 생각한다. 약속 시간에 맞추는 것은 일찍 출발하면 될 일이다. 가방에 이어폰과 휴대 전화 충전기가 있으니 든든하다. 간식을 챙겨 넣으면 살짝 즐겁기도 하다. 불편함을 묵묵히 참는 상태가 바람직한지는 모르겠다만, 여행을 하다 보면 때때로 경유가 불가피하다는 사실을 받아들이게 된 것은 좋은 변화일 수도 있겠다. 때때로 낯선 곳에서 얻게 되는 선물도 있다. 익숙한 길로만 다닐 때는 경험하지 못한 새로운 풍경을 보기도 하고, 그렇지 않았으면 마주칠 일이 없었을 귀한 인연을 만나기도 한다. 급한 일이 없으면, 세상 사는 일에 대해 달관하는 지혜도 조금 생길 수 있다.

삶을 기차 여행에 빗댄 현명한 노인을 만난 적이 있다. 그는 미국 메리놀 외방전교회의 함제도 신부다. 내가 태어나기 전에 한국에 와서 지금까지 살고 있다. 그는 1960년부터 한국에서 가난한 이를 돌봤고, 2000년부터는 북한을 방문해서 그곳의 가난하고 아픈 사람을 보살폈다. 나는 2019년에 그를 우연히 만나 생애사를 기록하는 일을 했다. 신부님 덕분에 나는 기차 여행에 대해 로맨틱

한 이미지를 갖게 되었다.

　신부님에게 삶은 "정차하는 역이 많고 행로가 자주 바뀌고 온갖 사건이 일어나는" 기차 여행이다. 우리는 태어나는 순간 이 기차에 탄다. 기차표를 내고 열차에 태운 사람은 부모님이다. 언제나 곁에 있을 것 같았던 그들은 어느 역에선가 내린다. 그 후의 여행은 온전히 우리 몫이다. 이 기차에는 다른 승객들도 탄다. 그중에는 형제자매, 친구, 자녀, 연인, 배우자처럼 우리 삶에 중요한 사람들이 있다. 하지만 그들은 이 여정 어느 순간에 기차에서 내려 우리 삶에 큰 공백을 남겨 놓는다. 어떤 이는 우리가 알아채지 못하는 사이에 가 버려서, 그 사람의 자리가 비었다는 것, 그가 영영 기차에서 내렸다는 것을 눈치채지도 못한다. 예측하기 어려운 이 기차 여행은 기쁨, 슬픔, 환상, 기대, 만남과 이별로 가득한 모험이다. 함 신부는 이렇게 조언한다.

　기차에서 만난 승객들과 좋은 관계를 맺으며 함께 간다면, 서로 사랑하고 도와준다면, 그건 참 좋은 여행이 될 겁니다. 이 여행의 신비는 우리 자신이 언제 어느 역에서 내

릴지 모른다는 것입니다. 그러므로 우리는 늘 가장 좋은 모습으로 살아야 하겠습니다. 어떤 것은 잊어버리고, 용서하고, 맞춰 나가고, 우리가 가진 가장 좋은 것을 나눠 주면서 말입니다.

— 함제도 구술, 『선교사의 여행』,
가톨릭동북아평화연구소, 2020.

런던 가는 기차를 탈 때마다 나는 신부님 이야기를 생각한다. 내가 함께 여행했던 이들과 지금도 곁에 있는 이들의 얼굴을 떠올리며.

2023년 봄, 나는 런던한겨레학교를 떠났다. 깍두기였을 때가 좋았는데 역할을 맡게 되자, 내가 원하지 않아도 크고 작은 정치적인 갈등 속으로 빨려 들어갔다. 편 가르기 정치는 내가 하고 싶은 일도, 잘하는 일도 아니다. 더욱이 그건 아이들을 가르치는 일과는 아무 상관도 없는 일이었다. 나는 어느 순간부터 이 여행이 몹시 고단해서, 이 기차에 타고 있는 것이 나를 위해 좋은 일인지 회의하였다. 그래서 내렸다. 혼자 내렸는데, 뒤돌아보니 그동안 함께 일한 동료들이 모두 기차에서 내리고 있었다. 기차는 떠났고, 남은 이들은 지금 대합실에 모여 앉아 이런저런 이야기를 나누고 있다. 몸과 마음이 가벼워지면, 우리는 조만간 자리를 털고 일어나 다음 기차를 탈 것이다. 무거운 짐을 벗어 던지고 시작하는 다음 여정은 한결 소박할 것이다.

우리는 함께 여행하는 사람으로부터 언제나 배운다. 내가 힘들 때 친구들은 우정, 연대, 지지, 존중, 용기, 이해, 공감, 보살핌, 편안함, 설렘, 유쾌함, 즐거움이 무엇인지를 가르쳐 주었다. 이들이 함께 있는 객차는 가볍고 따뜻하고 활기찼다. 잠들지 못하는 밤에 이리저리 뒤척이면, 누군가는 꼭 깨어나 기꺼이 옆에 앉아 주었다.

한편, 무례한 사람들에게서도 배우는 것이 있다. 오히려 그들이야말로 내가 누구인지를 알게 해 주는 사람이다. 나는 무엇에 가슴이 답답해지는지, 무엇에 화가 나는지, 무엇을 피하고 싶은지, 무엇이 불편한지, 어떻게 갈등을 다루는지, 나는 어떤 사람이며 어떻게 살고 싶은지를, 그들이 탄 기차에서 내린 뒤에 찾아온 안도와 자유를 경험하며 비로소 알게 된다.

나는 사람으로부터 배운다. 많이 읽는 사람들은 책에서 길을 찾고, 책에서 본 멋진 문장을 인용하기도 하는데 나는 그게 어렵다. 한때 대학교와 연구소에서 일한 적이 있었다. 연구 논문을 쓰려면 참고 문헌을 길게 적고, 다른 연구자들의 주장을 인용해야 했는데, 책보다는 사람에게서 배우고, 글보다는 말이 먼저 와닿는 내게 그런 글쓰기는 어려웠다. 고충을 토로하니 누가 그랬다.

　"너의 참고 문헌은 사람들이구나. 책 대신 사람 이름을 적으면 좋을 텐데."

　맞다. 나는 주변 사람들의 말을 잘 기억해 두었다가, 필요할 때 그 말을 꺼낸다. 특히 지혜로운 이의 소박한 말은 두고두고 참고한다.

　이를테면, 나는 힘든 일을 겪을 때마다 오래전 현옥 선배가 해 준 말을 자주 생각한다. 선배는 내가 사소한 일로 노심초사할 때마다 이렇게 말해 줬다.

　"괜찮아. 대세에 지장 없어."

　사실 그랬다. 고민하는 일들은 대부분 대세에 지장이 없는 것이었다. 중요한 것만 놓치지 않으면 되는데, 사소한 것에 정신이 팔려 나를 들들 볶고 있었다. 이런 말도 해 줬다.

"너나 잘하라 그래."

별로 듣고 싶지 않고 정확하지도 않은 타인의 비판, 평가, 참견, 간섭을 끊어 내지 못해 속병이 들라치면 선배 말이 생각났다. '너나 잘하세요.' 상대에게 마음속으로 이렇게 말하고 나면 기분이 나아졌다. 내 삶에 아주 유용한 '인용'이다. 선배는 편안하고 유쾌한 길동무였다. 지금은 비록 같이 여행하지 않지만, 삶의 지향과 방향이 비슷하니 어느 정류장에선가, 어느 객차에선가 또 만날 것이다.

삶은 기차 여행이다. 대강의 방향을 정했지만, 그렇다고 경로가 분명한 것은 아니다. 얼마든지 경유할 수 있다. 어쩌면 목적지가 바뀔 수도 있겠다. 그래도 함께 타고 있는 이들이 많아 안심이다. 사람으로부터 배우고 사람으로부터 위안받을 것임을 안다. 그리고 그 힘으로 새로운 여정을 시작할 것이다.

주위를 둘러본다. 나는 혼자가 아니다.

사물에 대해 쓰러 했지만

초판 1쇄 발행 2023년 6월 28일

지은이 이향규
펴낸이 강일우
편집 임소형
펴낸곳 (주)창비교육
등록 2014년 6월 20일 제2014-000183호
주소 04004 서울특별시 마포구 월드컵로12길 7
전화 1833-7247
팩스 영업 070-4838-4938 | 편집 02-6949-0953
홈페이지 www.changbiedu.com
전자우편 contents@changbi.com